DAME DE TRÈFLE

RENEE ROSE

D1719712

Traduction par
MYRIAM ABBAS
Traduction par
VALENTIN TRANSLATION

MENTIONS LÉGALES

LIVRE GRATUIT DE RENEE ROSE

Abonnez-vous à la newsletter de Renee

Abonnez-vous à la newsletter de Renee pour recevoir
livre gratuit, des scènes bonus gratuites et pour être averti·e
de ses nouvelles parutions !

https://BookHip.com/QQAPBW

Vlad

Bon sang, c'était pas croyable. Pile quand je pensais que j'étais l'enfoiré le moins chanceux de ce continent, j'eus de la veine.

Je surveillais le Bellissimo et Nico Tacone depuis deux mois maintenant.

Les Tacone avaient démantelé toute ma cellule. Junior Tacone et ses frères avaient détruit l'entreprise à Chicago pendant que j'étais à Moscou pour gérer les affaires de ma mère. Certes, Ivan, mon idiot de second, avait prévu de tous les éliminer et d'achever pour toujours leur règne d'influence dans la Ville des Vents[1]. Mais il avait échoué. Et six de mes hommes avaient été retrouvés morts dans un café italien.

Victor avait confié à Ivan la responsabilité de monter le business dans la rue, mais il avait l'esprit trop étroit et était trop assoiffé de pouvoir pour en faire grand-chose. Et quand j'avais été envoyé pour rejoindre la cellule, il m'avait

vu comme une menace envers son autonomie. J'avais organisé une rencontre avec Junior pour impliquer la famille
Tacone dans ma combine de blanchiment – pour nous
diversifier –, mais Ivan avait tout fait foirer. Lorsque ma
mère était morte et que j'avais dû rentrer par avion à
Moscou, il avait utilisé mon absence pour essayer d'éliminer les Italiens et de s'emparer de la pègre de Chicago.

Il avait sous-estimé Junior Tacone. Six de nos gars
étaient prêts et attendaient avec des flingues, mais Junior
les avait tous descendus à lui tout seul.

Je n'étais pas dévasté par la perte du business de
Chicago. J'étais plus inquiet des opérations à gros capitaux
de la *bratva*. J'étais celui qui gérait nos comptes de blanchiment. Mais tuer tous les hommes de ma cellule ? C'était
inacceptable. Et Victor, notre *pakhan*, m'avait ordonné de
me venger, alors c'était précisément pour ça que j'étais ici.

Les Tacone avaient peut-être rendu service à la fraternité en éliminant Ivan, mais ils m'étaient toujours
redevables.

Victor aurait fait couler le sang. Il aurait tué tous ceux
que Junior Tacone aimait. C'était comme ça qu'il opérait.
Mais je n'étais pas ce gars-là. Oui, j'avais été élevé dans
l'ambiance de violence et de mort de l'organisation, mais
j'étais le trésorier.

Et les Tacone avaient de l'argent. Des tonnes.

Mais ça ne provenait pas de leur entreprise à Chicago.
Pour ce que je pouvais en dire, au cours des dernières
années, ils avaient réduit leurs prêts d'usurier dans les rues,
et complètement fermé boutique depuis que j'étais revenu.

Alors j'étais allé à Las Vegas. Où ils possédaient un des
casinos les plus lucratifs du pays. Et je m'étais mis à
observer les deux Tacone qui le dirigeaient, essayant de
déterminer quel serait mon plan. Je pensais à enlever une
de leurs femmes. Une simple rançon. Les deux hommes

étaient clairement dévoués à leurs épouses – ou petites amies, peu importe.

Et les choses venaient de devenir bien plus simples pour moi. Deux limousines étaient arrivées cet après-midi-là, transportant toute la famille Tacone : les trois frères de Chicago, une petite amie, leur mère et leur magnifique petite sœur tout juste d'une vingtaine d'années.

J'avais fait en sorte qu'une serveuse avide de ragots me raconte tout ce qu'elle savait. J'avais découvert qu'ils étaient là pour le mariage de Junior Tacone, décidé sur un coup de tête. Les derniers étages avaient été fermés entièrement pour la célébration. La rumeur disait que Stefano, le plus jeune des frères, pourrait épouser sa fiancée en même temps.

Mais je me fichais de leur statut marital.

Tout ce qui m'intéressait, c'était une Tacone.

La charmante Alessia, petite sœur des cinq frères multimillionnaires. J'avais essayé de déterminer quelle femme enlever – quel frère serait le plus prêt à payer pour sa moitié. Désormais, c'était facile. Choper celle à qui ils tenaient tous.

Et je ne parlais pas de la mère.

Bien sûr, ma décision d'enlever Alessia au lieu de la dame âgée avait tout à voir avec son irréprochable silhouette mannequin, ses longues jambes et son satané visage parfait. Si je devais me planquer avec une Tacone, autant que c'en soit une qui vaille la peine qu'on la regarde.

Tout ce que j'avais à faire, c'était d'assommer un des serveurs avant qu'il n'apporte les plats à la réception du mariage et de prendre son uniforme et sa place.

ALESSIA

MON FRÈRE JUNIOR était le plus gros *stronzo*.

En fait, mes cinq frères étaient des enfoirés, mais Junior était le pire. Il nous avait informés ce matin-là que lui et sa petite amie enceinte allaient s'enfuir pour se marier à Las Vegas.

Le soir même.

Ce qui signifiait que nous devions tous prendre l'avion pour Las Vegas pour y assister.

Pourtant, honnêtement, je n'aurais raté ce moment pour rien au monde. Même si voyager était synonyme de beaucoup d'effort pour que ma mère soit heureuse et pour garder ma glycémie sous contrôle. Et cela rendait plus difficile de cacher l'épuisement provoqué par mes problèmes rénaux à ma famille toujours attentive. Ils n'étaient pas au courant et cela allait rester ainsi pendant aussi longtemps que possible.

Nous étions à l'un des derniers étages du Bellissimo, dans une salle de réception aux baies vitrées surplombant Las Vegas. Il y avait un prêtre catholique pour les marier. Et l'événement s'était transformé en un double mariage surprise.

Stefano, mon seul frère décontracté – ce qui ne signifiait pas qu'il avait moins de meurtres son actif que le reste d'entre eux – avait fait sa demande à sa petite amie Corey ce matin-là et ils avaient décidé de célébrer deux mariages pour le prix d'un.

— Marie, notre Dame de la Paix, priez pour nous, murmurai-je avant de faire un signe de croix à l'unisson avec le reste des participants et le prêtre.

Je n'arrivais pas à croire que Junior se remariait. Enfin, ce n'était pas qu'il se remarie qui me surprenait. C'était le bonheur qui irradiait de lui alors qu'il se tenait face à Desiree, sa dure à cuire de jeune mariée. Il tenait ses deux mains dans les siennes, la regardant comme si elle était tout son monde. Près de lui se tenait le jeune fils de Desiree. Voir le lien silencieux de Junior avec lui me faisait monter les larmes aux yeux. Junior avait perdu sa fille en bas âge dans un tragique accident des années auparavant et il s'était complètement fermé. Je n'aurais jamais cru qu'il ouvrirait de nouveau son cœur à l'amour. Maintenant, il avait non seulement un bébé en route, mais il jouait les beaux-pères.

— N'est-ce pas magnifique ? me chuchota ma mère en pleurant, me serrant la main.

— Absolument parfait, acquiesçai-je, pleurant avec ma mère.

Sondra, l'épouse de Nico, enceinte, avait mis le paquet sur le décor. Le couloir devait contenir pour dix mille dollars de fleurs. Les colonnes et les vraies grappes de raisin suspendues aux treillis donnaient l'impression que nous étions de retour au vieux pays.

Extravagante, et pourtant également sobre et de bon goût, la cérémonie correspondait aux deux couples. Seuls quarante membres de la famille environ remplissaient la salle. Les deux ventres arrondis rendaient cela d'autant plus émouvant – Sondra et Desiree étant toutes les deux enceintes.

J'étais ravie d'être tante. Les enfants étaient ma passion : j'avais eu mon diplôme en éducation de la petite enfance, même si je n'allais probablement jamais être autorisée à travailler. Pas par ma famille. Ni par le mari que ma famille choisirait pour moi.

C'était blessant de savoir que je n'aurais jamais rien de tout ça : l'amour, la fuite impromptue pour se marier, une famille.

L'avenir qui m'attendait, moi, en tant que princesse de la Famille, avait toujours été d'endurer un immense mariage à l'église, offrant ma virginité à un Initié que mon père ou mes frères auraient choisi. Je ne regarderai pas dans les yeux d'un homme qui m'aimait. Ce serait un mariage arrangé jusqu'au bout.

Avant, je souhaitais ardemment un mariage d'amour. Quand je pensais que je me marierais et que j'aurais mes propres enfants. J'étais folle de joie quand Nico s'en était sorti en épousant une femme de son choix au lieu de la fiancée à laquelle il avait été promis dès ses dix ans.

On m'avait autorisé des libertés que je n'aurais jamais cru avoir.

Ils m'avaient laissée aller à l'université. J'avais dû plaider ma cause pendant des années simplement pour que Junior l'envisage, puis finalement, il avait cédé. Mais le diabète les avait presque empêchés de me laisser partir. Ils me voyaient comme fragile. Maman ne voulait pas me quitter des yeux. Mes frères pensaient que je ne pouvais pas me défendre.

Ils souhaitaient que je reste là où ils pourraient me protéger, soit à Chicago soit à Las Vegas.

Mais au final, nous avions tous fait des compromis. Ils m'avaient envoyée à l'université dans le Vieux Pays, où je pouvais être chaperonnée par la *Famiglia*. Les Siciliens. Et mon frère Stefano était là-bas une partie du temps aussi, pour me surveiller de très près.

J'étais toujours protégée comme une princesse dans un couvent. Ce qui ne voulait pas dire que je n'avais pas connu en douce quelques expériences. J'avais échangé des baisers avec un gentil garçon italien, qui avait pris ma virginité de la manière la plus respectueuse possible. Mais quand il avait découvert que je faisais partie de la Famille, il avait pris ses jambes à son cou. Ce qui était aussi bien, parce que je n'aurais pas voulu qu'il soit blessé.

J'avais simplement cherché à vivre un peu avant qu'il ne soit trop tard.

Car ce que ma famille ne savait pas était que j'étais au stade 3 de l'insuffisance rénale en raison du diabète. On m'avait dit qu'avoir des enfants me tuerait.

Alors un mariage d'amour avec mes propres bambins, ça n'arriverait jamais.

En fait, si je ne prenais pas soin de moi, je ne verrais peut-être pas mon vingt-cinquième anniversaire.

Vlad

JE RETOURNAI au Bellissimo avec un plan et tout ce dont j'avais besoin pour l'exécuter : une seringue remplie d'un tranquillisant. Une corde pour attacher les poignets et les chevilles d'Alessia. Du ruban adhésif pour sa bouche. Mikhael – Mika, comme nous l'appelions –, mon complice de douze ans et le seul membre vivant de la *bratva* de Chicago, pour conduire la voiture et prendre la fuite.

Je sortis de l'ascenseur vêtu d'un uniforme impeccable de serveur du Bellissimo, poussant le chariot dans lequel je prévoyais de transporter la fille.

Je laissai ce dernier à l'extérieur et me tins dans l'embrasure de la porte, examinant la salle. Je gardai la tête baissée et mes doigts tatoués serrés derrière le dos. Si les frères Tacone de Chicago me reconnaissaient, je serais un homme mort avant d'avoir pris une inspiration. Pas que je m'en souciais. Si je m'étais inquiété excessivement de vivre longtemps, je n'aurais pas été ici. Ironiquement, c'était mon imprudence face à la mort qui me permettait toujours de réussir.

Je prenais des risques. Je n'étais jamais dominé par la peur. J'avais observé la manière dont la *bratva* fonctionnait très tôt et trouvé un moyen d'y prospérer. Je m'étais rendu indispensable. Pas par la violence, même si j'en avais eu ma part, mais par la connaissance.

J'avais appris comment hacker. Comment blanchir de l'argent. J'avais appris à parler anglais, allemand et français. C'était comme ça que j'avais acquis le contrôle de tout l'argent de la *bratva*. Comme ça que j'avais amassé une fortune. Comme ça que j'avais survécu à d'innombrables attaques dirigées contre moi. Sans le guêpier avec cette traîtresse de Sabina, j'aurais toujours été au top là-bas au lieu de faire profil bas en Amérique.

Mon cerveau enregistra tous les renflements d'armes dans la salle – au moins vingt-quatre. Tous les hommes ici portaient une arme – même les mariés. Au lieu de la peur, le bourdonnement familier de l'adrénaline me picotait la peau.

Un examen furtif de la salle, et je trouvai la princesse de la mafia. Celle que j'utiliserais pour mettre à genoux chacun des Tacone.

Celle qui recevrait une petite leçon d'humilité entre mes mains.

J'aurais dû détester la sœur de mon ennemi – j'aurais dû la considérer elle aussi comme une ennemie, mais il était difficile de détester une créature aussi magnifique. Et ce n'était pas sa faute si elle était née dans une famille impitoyable.

Les Italiens gardaient leurs femmes pures. Les femmes ne participaient jamais au business. Elles ne voyaient jamais le sang ni la mort.

Bon sang, la fille pouvait même être encore vierge.

Blyat, maintenant je bandais. Ce n'était pas le moment d'avoir une érection à cause d'une femme que je prévoyais de droguer et d'attacher. Sauf que j'étais un bâtard tordu, parce que cette pensée ne me fit que bander davantage.

Elle portait une robe dos nu rose vif qui moulait et présentait ses seins juvéniles de la plus alléchante des manières. Les chaussures et le sac roses assortis coûtaient probablement mille dollars à eux seuls.

La chance me souriait, parce qu'Alessia s'éloigna du groupe et se dirigea vers la porte, comme si elle allait aux toilettes.

Je me déplaçai rapidement, poussant mon chariot dans le couloir derrière elle, prenant la seringue dans ma paume. Je retirai le faux plateau, révélant le fond vide – il s'agissait en fait d'un des chariots à linge sale du Bellissimo.

J'attendis qu'elle sorte des toilettes – seule, quel fichu soulagement – et sautai sur elle par-derrière. Si elle avait été un homme, je l'aurais assommée d'un coup de poing, comme le serveur en bas. Mais je ne pouvais pas me décider à frapper une femme, aussi facile et efficace que ce puisse être.

Je perçus son odeur de vanille et de rose lorsque je couvris sa bouche et enfonçai la seringue hypodermique dans son cou. Elle lutta contre moi alors que la drogue coulait dans ses veines. Cela prendrait au moins une minute pour faire effet.

— Chuut, *printsessa*, murmurai-je à son oreille, conservant ma prise sur ses bras et sa bouche, fermement. Détends-toi et tu ne seras pas blessée.

Mon accent semblait plus marqué que d'habitude. Probablement parce que ma verge avait épaissi sous la sensation des douces fesses qui s'agitaient contre elle.

— Doucement, *zaika*. Endors-toi.

Son enivrant arôme floral emplit mes narines alors que

je respirais contre son cou, attendant. Finalement, elle s'écroula, son corps souple s'affaissant dans mes bras.

Je passai un bras sous ses genoux et la déposai dans le chariot, puis remis le plateau, arrangeant la nappe tout autour. Vingt-neuf secondes plus tard, j'étais dans l'ascenseur. Un des hommes des Tacone monta avec moi. Je gardai le visage impassible, mais poli.

Le gars ne me regarda pas. Je pris dans ma paume le couteau dans ma poche, prêt à l'utiliser si je le devais.

Finalement, le gars descendit à un étage inférieur et quelques autres personnes montèrent… des touristes. Des personnes lambda. J'appuyai sur le bouton de fermeture des portes et continuai à descendre vers le niveau inférieur.

J'envoyai un texto à Mika : « En chemin. » J'essayai d'utiliser l'anglais avec lui, pour qu'il apprenne à le lire et à l'écrire.

« En position », me renvoya-t-il en russe. Je n'aurais pas dû impliquer le gamin dans cette merde. Bon sang, je n'aurais même pas dû l'amener de Chicago jusqu'ici. Mais que pouvais-je faire d'autre avec lui ? J'étais revenu de l'enterrement de ma mère à Moscou pour découvrir que six membres de la fraternité étaient morts et que tous les autres étaient partis. Tout le monde sauf Mika.

Il vivait seul dans le bâtiment que nous occupions, vivotant d'une manière ou d'une autre. Cela aurait été probablement mieux de le confier au système d'aide sociale américaine. Mais je n'avais pas pu le faire. Il était peut-être agaçant, mais c'était l'un des nôtres, or nous prenions soin des nôtres. Et il travaillait dur pour prouver qu'il était utile.

Dans le corridor du niveau inférieur, je retirai le costume de serveur et enfilai une chemise du personnel d'entretien, puis retirai le plateau de restauration du chariot que je fis rouler comme si je sortais du linge sale.

J'essuyai mes empreintes sur le sac à main de la fille et le jetai dans la poubelle.

Mika s'avança jusqu'à la porte et freina d'un coup sec. Oui, je laissai un gamin de douze ans conduire ma voiture. Je n'avais même pas eu à lui apprendre, il savait déjà. Et il était très doué.

— Ouvre le coffre, lui marmonnai-je en russe, et il s'exécuta alors que je poussai le chariot jusqu'à l'arrière de ma Jetta noire.

Je soulevai la princesse Tacone droguée et la déposai dans le coffre, puis le fermai d'un coup sec.

Vingt-trois secondes, et nous étions dehors.

Mission accomplie. J'avais maintenant tout l'avantage dont j'aurais besoin contre les idiots de Tacone.

---

1. NdT : Un des nombreux surnoms de Chicago.

2

Alessia

J'AVAIS ENVIE DE VOMIR. Alors que la lumière filtrait sous mes paupières, je me souvins d'avoir été capturée. Le coup aigu d'une aiguille. Des bras épais et forts autour de moi. Des phalanges tatouées pressées contre ma bouche. Un accent russe marqué. Un souffle chaud à mon oreille… pas désagréable, même si ça m'avait terrifiée.

J'étais foutue.

J'essayai de cligner des yeux, mais ils n'obéissaient pas. J'étais tremblante et les ténèbres nageaient devant mes yeux. Mon cœur s'emballait mais je ne pouvais pas me réveiller. Sous la sueur froide, ma robe me collait à la peau. Je ne savais pas si c'était ce qu'il m'avait injecté qui m'emportait, ou si je me dirigeais vers un coma diabétique. Dans tous les cas, j'étais fichue.

Je me forçai à remuer la bouche, à demander de l'aide.

Si je ne réussissais pas à me réveiller maintenant, il se pouvait que je ne me réveille plus jamais.

~

Vlad

LA FILLE AURAIT DÛ ÊTRE RÉVEILLÉE MAINTENANT. Je n'étais pas expert en narcotiques, mais j'avais vu utiliser cette concoction avant. Je m'étais renseigné sur la quantité à lui administrer, et j'étais presque sûr de ne pas m'être trompé en estimant son poids.

Je l'avais attachée au lit dans le loft à l'étage de ma maison en location. Mika se tenait dans l'embrasure de la porte, frappant un *footbag* d'avant en arrière pendant que je vérifiais le pouls d'Alessia. Il semblait faible et erratique. J'agrippai son visage et le tournai d'un côté et de l'autre, essayant de m'assurer qu'elle ne simulait pas. La manière dont sa tête pendait m'annonça que ce n'était pas le cas. Ses paupières papillonnèrent, mais je ne vis que le blanc de ses yeux, comme s'ils étaient révulsés.

L'inquiétude pure fit marteler mon cœur.

— Alessia. Réveille-toi, *printsessa*, dis-je en lui tapotant le visage. Réveille-toi.

Ses lèvres bougeaient mais je n'entendais pas ce qu'elle disait.

— Quoi ?

Elle marmonna quelque chose, laissa tomber sa main vers moi et ce fut là que je vis le bracelet médical. Il était en or rose et avait l'air cher alors je n'avais pas remarqué le symbole au début.

Bon sang.

Je le retournai pour lire ce qui était inscrit dessus.

Diabétique.

Putain.

Avec mon téléphone, je cherchai sur Google quoi faire en cas d'urgence avec une diabétique.

Mince. D'après l'écran, elle avait besoin de soins médicaux d'urgence, et je n'allais pas l'emmener à l'hôpital du coin. Si elle mourait, elle ne me serait absolument d'aucune utilité. Et je ne voulais pas avoir sa mort sur ma conscience. J'en avais déjà bien trop.

Je m'étais débarrassé de son sac à main au cas où ils pourraient la retrouver avec son téléphone, mais maintenant je m'en voulais. Je criai à Mika de m'apporter une cannette de Coca de la cuisine.

Quand il l'apporta, je lui dis brusquement en russe :

— J'ai besoin que tu retournes au casino pour aller chercher son sac à main. Je l'ai jeté dans la poubelle devant les ascenseurs, à côté de la porte où tu es venu me chercher. C'est très important… sa vie en dépend peut-être. Mais ne te fais pas prendre. Compris ?

Il était effrayé par le ton de ma voix, mais il hocha rapidement la tête.

— Tu peux le faire, Mika. Appelle-moi si tu n'arrives pas à le trouver.

— Je le trouverai, dit-il, jetant un regard terrifié vers la fille attachée au lit.

— Et ne rapporte pas son téléphone avec toi ! Laisse-le dans la poubelle. Juste le sac à main et le reste du contenu, d'accord ? Vas-y vite, maintenant.

Mika acquiesça et fila.

J'ouvris la cannette et passai le bras sous les épaules de la fille pour l'appuyer contre mon corps.

— Bois, *zaika.*

Je tentai de faire couler lentement du Coca dans la bouche de la princesse de la mafia.

Diabétique.

Je ne l'avais pas vu venir.

Les Tacone étaient si parfaits, si riches ! Cette fille était tellement belle, c'est comme si je n'avais pas pensé que quelque chose comme une maladie ou le mauvais sort pouvait les toucher.

Mais bien sûr, la maladie était immunisée contre la richesse, le pouvoir et même la beauté.

Bon sang. Je ne sais pourquoi, à cause de son handicap, il m'était nettement plus difficile de la détester. Et je luttais déjà. Il était difficile de détester ce qui était beau. C'était comme ne pas fondre devant un chiot ou un chaton.

Son visage était tellement parfait que c'en était difficile à croire. Des lèvres pleines en forme d'arc, des sourcils épais légèrement arqués, de longs cils. Sa peau mate était lisse et sans défaut.

Les paupières d'Alessia papillonnèrent et ses lèvres bougèrent contre la cannette. Elle déglutit.

— Oui, murmura-t-elle, reconnaissant ce que j'essayais de faire.

— Gentille fille.

Je continuai pendant atrocement longtemps. La faisant revenir à elle, essayant de faire couler la substance sucrée dans sa gorge pour son taux de sucre dans le sang remonte.

— Mika est allé chercher ton insuline, *printsessa*, murmurai-je en faisant couler lentement encore un peu de Coca dans sa gorge. Tu ne vas pas mourir aujourd'hui.

Elle émit un son en avalant. Elle me comprenait. Elle savait ce qui se passait. Elle réussissait de mieux en mieux à ouvrir les paupières. Ses yeux suivirent mon visage, ses sourcils se froncèrent.

— Pourquoi ? demanda-t-elle d'une voix rauque.

— Pourquoi te kidnapper ?

Je ne savais pas pourquoi j'étais disposé à faire la conversation avec elle. Elle ne méritait aucune politesse ni aucun traitement de faveur de ma part. Mais c'était comme s'il m'était impossible de ne pas répondre.

— Ton frère a tué ma cellule.

Ses yeux se refermèrent.

Je plaçai de nouveau la cannette contre ses lèvres.

— Bois. Tu ne me sers à rien si tu meurs.

Elle marmonna quelque chose, ses lèvres pleines humides sous le liquide ambré. J'avais envie de lécher le goût sucré dessus. De mordre ses lèvres. De la punir d'être une Tacone. Et d''être aussi magnifique.

— Qu'est-ce que tu dis ?

— Va te faire voir.

J'émis un petit rire.

— Tu as encore un peu d'agressivité en toi, hum ? Bien. Ça m'a plu de lutter avec toi au casino. Ça m'a fait bander.

Ses yeux se rouvrirent brusquement, ses pupilles se contractèrent sous la peur dès qu'ils se posèrent sur mon visage.

Je lui lançai un sourire diabolique.

Elle cligna des yeux plusieurs fois, mais cela sembla lui demander trop d'effort de les garder ouverts, parce qu'ils se révulsèrent, et elle s'évanouit de nouveau.

Oups.

La poussée d'adrénaline suscitée par ma raillerie l'avait probablement épuisée.

J'étais un enfoiré plus tordu que je ne le croyais parce que j'avais envie de la baiser, même évanouie.

Durement.

Brutalement.

Je voulais monter la princesse de la mafia jusqu'à ce qu'elle hurle et me supplie de la laisser jouir.

Cela sembla prendre une éternité, mais j'entendis enfin

le bruit des pas de Mika qui montait en courant dans les escaliers.

— Je l'ai, dit-il en russe, tenant le sac à main rose. Personne ne m'a vu.

— Bon boulot.

Je déversai le contenu sur le lit. Rouge à lèvres, portefeuille. Une seringue et une bouteille d'insuline tomba, ainsi qu'une trousse d'analyse avec un morceau de papier et des instructions écrites à la main collé dessus. « En cas de perte de conscience, administrez le glucagon. » Le glucagon était dans une trousse rouge à l'étiquette remplie avec le même feutre noir. Les instructions à l'intérieur me firent mélanger la poudre avec une solution saline dans la seringue. Pendant que je m'activais, j'aboyais des ordres à Mika.

— Vérifie s'il n'y a pas un traceur électronique. Ça doit être quelque chose de petit et de fin, comme une pile de montre.

Je suivis les instructions et pinçai la peau du ventre de la fille, piquai dans la couche de graisse et poussai lentement le piston dans la seringue de glucagon.

Je vérifiai ma montre. Combien de temps cela prendrait-il ? Combien de temps avait-elle avant que son corps ne se paralyse complètement ? Je n'en savais pas assez sur le diabète pour savoir à quoi je faisais face.

— Rien, rapporta Mika.

Je fouillais dans le bazar sur le lit. Tout semblait sans intérêt.

— Donne-le-moi.

Je tendis la main vers le sac. Rien ne changea sur le visage du gamin – le gosse était toujours affreusement stoïque, mais étrangement je sus que je l'avais offensé.

— Je te fais confiance, Mika, je veux simplement revérifier.

Je pointai du doigt les affaires sur le lit :

— Tu revérifies mon travail là.

Le môme hocha la tête et alla vers le lit, ramassant et examinant tout comme je l'avais fait.

Ce n'était pas un bon gamin. Je n'étais pas sûr qu'il ait le moindre sens moral. Je l'avais vu tabasser des gosses de deux fois sa taille dans la rue sans aucune raison. Il était sérieusement dangereux.

Mais comme un chien sauvage qui trouvait quelqu'un pour le nourrir, il s'était attaché à moi. Il ferait tout ce que je disais sans poser de questions. Kidnapper une femme et l'attacher à un lit ? Pas de problème.

Conduire une voiture dans l'antre de l'ennemi ? Tout ce que vous voulez, patron.

Et même si je savais que je ne lui rendais pas service, je ne faisais confiance à personne d'autre pour s'occuper de lui. Je savais qu'il était brisé. Sa chienne de mère s'en était assurée… Junior Tacone avait achevé ça quand il avait rendu le gamin orphelin de sa *bratva*. J'avais peu à offrir, mais au moins je lui rendrais sa dignité et les compétences pour survivre.

Alessia remua. Ses yeux s'ouvrirent.

Quel satané soulagement.

Elle grogna et roula sur le côté.

— Je vais gerber.

Il me fallut un instant pour traduire le mot « gerber », mais l'expression sur son visage m'y aida.

— Mika, donne-moi la poubelle, ordonnai-je en russe.

Mika se déplaça rapidement, son intelligence et ses réflexes étant parfaitement affûtés pour les urgences. Le gamin en avait probablement traversé trop pour les compter. Une fille qui gerbait n'était rien comparée à ce qu'il avait déjà vu.

J'arrivai juste à temps pour qu'elle rende son déjeuner

dans la poubelle.

Mika émit un son de dégoût.

— Tu peux y aller, le congédiai-je.

Ce n'était pas parce que je voulais être seul avec la fille.

Ouais, cause toujours.

Je désirais la déshabiller et l'attacher à ce lit. La narguer avec ma queue et enregistrer ses supplications.

À la place, j'allai chercher un gant que je mouillai et le lui apportai. Et parce que ses mains étaient attachées, j'essuyai ses lèvres avec.

Elle me foudroya du regard. Nous étions proches. Je la dominai de ma taille, vérifiant qu'il n'y avait rien d'autre à nettoyer. Son attention tomba sur mes phalanges tatouées, suivit les dessins sur mes avant-bras, s'arrêta sur le renflement de mes biceps.

Elle déglutit.

J'eus une érection. Trouvait-elle ma force séduisante ? La manière dont ses pupilles se dilataient me faisait penser que oui. Mais bon, qui savait si elle avait déjà été proche d'un homme qui ne soit pas un de ses frères avant ?

— Tu aurais pu me tuer, m'accusa-t-elle.

Je laissai un coin de mes lèvres se relever en un sourire sans joie.

— Je le peux toujours, *printsessa*.

J'observai la vague de peur qui la parcourut et elle tenta de se redresser sans l'usage de ses mains. Je la laissai lutter, appréciant la manière dont sa robe fuchsia remontait sur ses cuisses délicieuses. Ses jambes étaient longues, minces et musclées, ses mollets harmonieux. Étrangement, ses talons hauts n'avaient pas bougé.

Elle s'humecta les lèvres et mon érection s'allongea.

— Je dois vérifier ma glycémie.

ALESSIA

— Ça ?

Le Russe ramassa la trousse d'analyse. Je clignai des yeux, le voyant mieux maintenant que je pouvais me concentrer. Il avait des cheveux blond cendré, des yeux bleus perçants et de multiples cicatrices sur sa mâchoire qu'ombrait un début de barbe. Il portait un simple tee-shirt blanc qui s'étirait sur ses muscles bandés, ses bras et ses doigts étaient couverts de tatouages.

Malheureusement, je trouvais son apparence sexy. Il était le mauvais garçon à la James Dean moderne. Ou la version urbaine de l'acteur Jeremy Renner.

J'étais à la fois terrifiée et excitée. Peut-être que c'était simplement d'avoir ressenti toute cette force pure et masculine quand il m'avait attrapée. Peut-être que mes hormones étaient lancées à plein régime après que j'avais vu deux de mes frères convoler.

Mon ravisseur pencha la tête et arqua un sourcil sévère.

— Oui, ça. Détache-moi.

— Oh, *zaika*. Établissons bien une chose tout de suite. Ce n'est pas toi qui donnes les ordres, ici.

Je n'aurais pas non plus dû trouver son accent marqué sexy, mais c'était le cas.

Je lui renvoyai la balle, arquant à mon tour un sourcil.

— Tu as besoin de moi vivante. Ça signifie stabiliser ma glycémie. Alors détache-moi les mains et laisse-moi tester mon glucose.

— *Nyet.*

C'était un mot qui sonnait tellement définitif, le *non* russe.

Il examina le glucomètre, déterminant comment il

fonctionnait pendant que je l'observais sans proposer mon aide. Mais ce n'était pas un idiot. Il ramassa la lancette.

— Sur ton doigt, je présume ?

Je ne répondis pas.

Il agrippa mes poignets attachés et éloigna un de mes doigts des autres. Son geste n'était pas brutal, mais je choisis cet instant pour faire connaître mon mécontentement, et j'utilisai mes deux mains pour lui donner un coup de poing dans le nez.

Enfin, « coup de poing » est une description approximative. Je ne pouvais pas vraiment donner un coup de poing avec les poignets attachés ni réussir à le rendre efficace. Je m'en étais doutée avant d'essayer, mais j'avais pensé que ça en valait quand même la peine, comme un acte de désobéissance.

Une déclaration de guerre.

Je ne lui cassai pas le nez. Je ne le fis même pas saigner. *Cristo*, je n'étais même pas sûre de l'avoir blessé, mais il réagit rapidement, m'attrapa les mains et les cloua contre le matelas, me faisant efficacement tomber sur le côté. Il me domina de sa taille, ses yeux scintillaient.

Oh mince.

Était-il excité ?

Je me rappelai trop tard qu'il m'avait avertie que cela l'avait excité de lutter avec moi.

Et mon corps stupide réagit, la chaleur s'amassa entre mes jambes comme s'il s'agissait d'une sorte de parade nuptiale, et pas d'un kidnapping brutal.

D'accord, peut-être pas si brutal que ça.

— Ne me frappe pas, *zaika*. Tu n'apprécierais pas la punition.

Pourquoi est-ce que le mot « punition » émoustillait mes parties sensibles ?

Je m'humectai les lèvres.

— Ce serait quoi ?

Je n'aurais pas dû lui donner la satisfaction de poser la question, mais je le fis.

Son sourire était diabolique. Il retira un de mes escarpins roses et le jeta au sol.

— Frappe-moi encore, et tu perdras le privilège d'être habillée. On retire la robe, *printsessa*.

Il retira l'autre chaussure. Je devins clairement consciente de ma petite culotte humide et de la minceur du morceau de tissu entre mon intimité et ses mains rêches.

Une lente palpitation débuta entre mes jambes, mes mamelons se tendirent. Craignant qu'un rougissement apparaisse, je parlai rapidement pour nous distraire tous les deux.

— Qu'est-ce que c'est, *zaika* ?

Son sourire féroce revint.

— « Lapin ». Maintenant, donne-moi ton doigt comme une gentille fille.

Je levai mon majeur.

Ses yeux étincelèrent, comme s'il aimait mon défi. Un frisson de tension sexuelle me frappa violemment quand il le prit et donna un petit coup avec l'extrémité de la lancette, puis déposa une goutte de sang sur la bandelette réactive. Il l'inséra dans le glucomètre et tourna l'écran pour me montrer l'affichage.

— Toujours trop bas, lui dis-je. Je n'ai pas besoin d'insuline.

Il examina une aiguille hypodermique et une bouteille d'insuline.

— Quand tu en as besoin, où te piques-tu ?

Cette fois, je rougis absolument.

— Tu peux la faire dans mon bras.

Ses yeux se plissèrent comme s'il reconnaissait ma gêne.

— Où la fais-tu habituellement ?

Je levai le menton.

— C'est pas tes oignons.

Un coin de sa bouche se releva.

— Dans les fesses ? supposa-t-il.

— Dans le ventre ! dis-je d'un ton sec.

Ses yeux brillèrent et il tendit la main vers le bas de ma robe.

— Quoi, *zaika* ? Tu as peur que je voie ta petite culotte rose ?

La chaleur se diffusa de mon cou jusqu'à mes oreilles alors qu'il remontait lentement l'ourlet, exposant mes cuisses, puis ma petite culotte, jusqu'à mon nombril.

Il passa le dos d'un doigt sur l'avant de ma petite culotte, ce qui m'envoya des frissons entre les cuisses.

— Tu penses que je n'ai pas déjà vu cette jolie chose quand tu étais dans mon coffre ? Ou attachée à mon lit ?

Mon estomac se retourna. Oh *Santa Maria* ! C'était son lit ? J'étais fichue.

Peut-être que la réalité de ma situation me frappait enfin. Peut-être que le bon sens revenait et que la peur s'installait, mais pour je ne savais quelle raison, mes yeux se remplirent soudain de larmes. Je détournai le regard, clignant des yeux. Énervée qu'il ait vu qu'il m'avait atteinte.

Il prit ma mâchoire entre ses paumes.

— Ne pleure pas. Si tu te tiens bien, tu ne seras pas blessée. C'est tes frères que je veux punir, pas toi.

Je croisai son regard, surprise du soudain changement de son comportement.

Il lâcha mon menton et s'éloigna, me tournant le dos.

Je fermai les yeux, refusant de le voir. De voir cette chambre.

De voir ma nouvelle prison.

3

Vlad

— ATTENDS.

Bon sang. Je devais m'éloigner de cette femme. Elle offrait une trop grande tentation. J'aurais pu regarder son visage toute la journée sans jamais m'en lasser. Elle était magnifique à ce point. Et sa beauté produisait des réactions stupides chez moi. Comme l'envie d'être gentil.

Et il n'y avait pas de place pour la gentillesse ici.

Pire, je ne voulais pas simplement regarder son visage. Je désirais mordre ces lèvres, baiser cette bouche, regarder ces yeux se révulser quand je la pilonnerais.

Et je n'allais rien faire de tout cela.

Je ne violais pas les femmes.

Je ne faisais peut-être pas confiance aux femmes. Je pensais peut-être qu'elles étaient des menteuses manipulatrices qui cherchaient à vous attirer dans leur antre et à vous dévorer le cœur. Mais je ne prendrais pas pour autant ce qui n'était pas offert.

Je ferais peut-être *croire* à la petite princesse de la mafia que j'allais le faire, mais ce ne serait pas le cas.

— Quoi ?

Je ne me donnai pas la peine de me retourner.

— Je dois aller faire pipi. Et j'ai faim.

Mince. Je pivotai et la clouai d'un regard dur.

Un rougissement remonta sur son cou. Elle prétendait peut-être être dure – et j'adorais ça –, mais je connaissais la vérité. Elle avait peur de moi.

Et elle était un peu excitée.

— O.K., *printsessa*. Lève-toi.

Elle leva les sourcils et tenta de se trémousser vers le bord du lit.

Je la regardai un instant, parce que c'était sexy, la manière dont sa robe remontait, et que je voulais sérieusement revoir cette petite culotte rose.

Quand elle atteignit enfin le bord du lit, je m'approchai et lui détachai les chevilles.

— Vas-y.

Je l'aidai à se mettre debout et lui donnai une tape sur le postérieur, suffisamment fort pour lui donner un avertissement.

Elle couina et détala, puis se retourna et me tendit ses poignets attachés.

— Et ça ?

Je secouai la tête.

— Débrouille-toi. La salle de bains est là. Laisse porte ouverte.

Sa proximité renforçait mon accent, me faisant oublier l'article devant *porte*.

— Va te faire voir, marmonna-t-elle en s'éloignant.

Je lui donnai une nouvelle tape sur le postérieur.

Bon sang, elle jeta ses longs cheveux épais en arrière et

roula des hanches alors qu'elle traversait la pièce vers la salle de bains.

Adorable.

Cette fille, c'était sérieusement quelque chose.

C'était totalement mon jour de chance. Les Tacone n'auraient pas pu me faire un plus beau cadeau que leur magnifique sœur avec son visage d'ange.

Je m'immobilisai. Un picotement me parcourut la peau alors qu'une pensée me venait à l'esprit.

Non.

C'était une horrible idée.

Je levai les yeux vers Alessia, qui avait trouvé un compromis, laissant la porte ouverte de quinze centimètres. Bien. Elle savait que je mettrai ma menace de punition à exécution.

Je revins à mon affreuse idée. Était-ce faisable ?

Probablement pas.

Était-ce sage ?

Absolument pas.

Mon téléphone jetable vibra. C'était Victor, mon *pakhan*. Le papa, ou grand patron de notre *bratva*. Celui qui m'avait obligé à partir après que Sabina avait fait son coup. Il était le seul à avoir ce numéro, puisque c'était un nouveau portable.

— *Da, Pakhan.*

— Reviens. Zima est mort, me dit-il en russe.

Zima était la raison pour laquelle Victor m'avait ordonné de partir. Zima souhaitait ma mort. Victor n'avait pas voulu que ça arrive. En tant que *derzhatel obschaka* – le comptable de l'organisation –, j'étais trop précieux pour lui. Ou peut-être que c'était par respect envers ma mère, sa maîtresse pendant longtemps. Dans tous les cas, j'avais été banni. Envoyé avec le brigadier Ivan pour organiser une cellule à Chicago. Un boulot minable, pour lequel j'étais absolument surqualifié. Alors j'avais laissé Ivan s'amuser et j'avais continué à travailler sur mes stratagèmes de blanchiment.

On tira la chasse d'eau dans la salle de bains.

Mon cœur martelait de l'audace de mon idée.

— *Da.* J'arrive. Dès que j'aurai les papiers pour emmener ma nouvelle épouse. Je prends la fille Tacone pour moi. Ils me paieront pour la garder en vie et en bonne santé. C'est la meilleure des vengeances.

Pendant un instant, Victor ne dit rien. Le mariage était interdit selon le code de conduite des voleurs, mais s'il impliquait la vengeance contre un ennemi, c'était une situation différente.

— Bien. Je veux que tu sois là d'ici à dimanche. Les affaires sont bâclées sans toi.

— On se verra dimanche, Papa.

Il mit fin à l'appel sans un au revoir alors que je continuais à fixer la porte de la salle de bains. Quand Alessia en sortit en rejetant à nouveau d'un air hautain de ses cheveux en arrière, ma verge s'allongea dans mon pantalon.

Oui.

Il n'y avait pas meilleur moyen de baiser les Tacone que d'entrer dans la famille. De prendre comme épouse leur petite sœur et d'exiger un paiement sous la forme d'une dot.

Pour qu'elle conserve le standing auquel elle était habituée, bien sûr.

Pas que je n'avais pas déjà énormément d'argent.

Non, c'était les affaires. Je marquais mon territoire de la manière la plus cruelle possible. En créant ce lien que j'essayais de forger auparavant… entre la mafia américaine et russe.

Et en prenant possession du trophée le plus spectaculaire possible au passage.

Alessia Tacone, ma jeune épouse.

— Viens.

LE RUSSE me fit signe d'approcher.

J'aurais aimé refuser, mais j'avais peur de ce qui se passerait. Ce gars semblait assez sain d'esprit, mais ça ne voulait pas dire qu'il n'était pas dangereux. Surtout s'il avait une dent contre ma famille. Je ne doutais pas de ce qu'il m'avait dit.

Que mon frère – je ne savais même pas lequel, mais ça n'avait pas d'importance, ça aurait pu être n'importe lequel – avait tué tout le monde dans sa cellule.

J'aurais préféré n'avoir rien à savoir de tel sur mes frères, mais la vérité était que je savais que nous étions de la mafia. Je savais que la violence existait. Probablement bien plus que je ne voulais y penser.

Alors il serait probablement sage de coopérer un peu avec ce gars jusqu'à ce que mes frères me sortent de là.

Je m'approchai de lui, ne ratant pas la manière dont son regard passa sur mon corps. Je portais une robe qui soulignait mes courbes et une couleur qui illuminait mon visage. Tirant avantage de son appréciation dissimulée, j'avançai brusquement mes mains attachées.

— Alessia Tacone. Et tu es ?

— Vlad, répondit-il naturellement.

Qu'il n'ait pas peur de me donner son nom m'envoya des picotements d'avertissement le long de la colonne vertébrale. Soit je n'allais pas m'en sortir vivante, soit il ne soupçonnait absolument pas que les Siciliens ne connaissaient aucun repos avant d'avoir obtenu vengeance.

Bien sûr, j'étais son moyen de vengeance contre eux.

Il enroula ses doigts tatoués autour de mon bras et me mena à la porte.

— Avance, *zaika*.

— Où allons-nous ?

— À la cuisine. Pour manger.

Je descendis les escaliers de ce qui était en fait une magnifique maison. Emplie de lumière et spacieuse, la salle de séjour avait un plafond en voûte et une télévision dernier cri accrochée au mur.

Je fus surprise de voir un jeune garçon qui avait désespérément besoin d'une coupe de cheveux perché sur le dossier d'un canapé en cuir onéreux, les pieds sur les coussins, en train de regarder Disney Channel avec la tête penchée sur le côté. Il se retourna pour me regarder avec une expression prudente.

L'enseignante en moi était horrifiée de trouver un enfant dans cette situation. Il était témoin d'un kidnapping, s'acclimatait à la violence et au crime. Le pire était qu'il ne semblait même pas effrayé ou dérangé.

— Pourquoi ai-je l'impression que ce n'est pas son premier rodéo ? marmonnai-je, davantage pour moi-même que pour Vlad.

— Ça ne l'est pas.

Vlad me fit traverser la pièce vers une cuisine petite mais aménagée avec soin, où il me poussa sur une chaise devant la table et y attacha mes chevilles.

— C'est ton fils ?

O.K., maintenant que j'avais vu le jeune garçon, j'étais moins certaine de la santé mentale de Vlad. Quel homme sain d'esprit, impliquerait un gamin dans un enlèvement ?

Pourquoi n'était-il pas à l'école ? Que se passait-il donc ? Ma passion pour les enfants bondit, et le besoin d'intervenir remonta à la surface.

— Non.

Le jeune garçon regarda vers nous, comme s'il écoutait, et son regard et celui de Vlad se croisèrent brièvement, avant que le garçon ne baisse le sien.

— Mika est orphelin, grâce à ton frère.

Je pris une brusque inspiration, mes côtes se serrèrent douloureusement. Je savais que je fourrai ma tête dans le sable depuis le début au sujet du business familial… c'était ce qu'on attendait de moi. Mais ce n'était vraiment pas quelque chose que j'aurais voulu entendre. Jamais.

Je retins des larmes brûlantes.

Vlad me regardait fixement, son regard d'une brûlante intensité.

— Je suis désolée.

Je croisai son regard directement pour lui montrer que j'étais sérieuse. J'avais les larmes aux yeux, mais elles ne coulèrent pas.

Un muscle de sa mâchoire serrée tiqua.

— Je te crois.

Sa voix était bourrue. Il alluma le four et sortit une pizza du congélateur.

Je savais que j'étais prisonnière ici, mais il me voulait vivante, alors je parlai.

— Vlad, je ne peux pas manger ça.

Il regarda la pizza, puis se tourna vers moi.

— Pourquoi pas ? Le diabète ?

Je hochai la tête, ne souhaitant pas mentionner mes reins. J'essayai de ne pas y penser.

— J'adore la pizza, les pâtes et le pain, mais je dois m'en tenir à des plats faibles en glucides comme de la viande et des légumes.

Il lança la pizza sur le plan de travail et ouvrit un placard. Il en sortit une boîte de sardines.

— Faibles en glucides. D'accord.

Il ouvrit la boîte et prit une fourchette.

— Que sais-tu du business de tes frères ?

Il déballa la pizza et la posa dans le four sans attendre qu'il préchauffe.

— Rien.

— Rien, répéta-t-il avec son accent marqué.

Ça ressemblait davantage à *rienk*.

— Les Siciliens gardent leurs femmes en dehors du business, non ?

— Oui, admis-je doucement.

Il ouvrit le réfrigérateur et en sortit un sac de mini-carottes. Comme un lion s'approchant d'une proie piégée, il s'avança paresseusement vers moi et tendit une carotte vers mes lèvres.

Je croisai son regard d'un bleu glacé, surprise.

Il haussa les épaules.

— Je ne te détache pas. Si tu veux manger, ce sera de ma main, alors tu ferais bien d'apprendre à être douce.

Mon ventre se serra. Ça n'aurait pas dû être excitant, mais mon corps n'avait pas reçu le mémo. Apparemment, être nourrie de la main d'un mafieux russe était excitant. Ou peut-être que c'était de savoir que j'étais à sa merci. L'ordre d'être douce.

Dans tous les cas, cette prise de conscience me fit frissonner, tendant mes mamelons alors que je prenais une bouchée du légume qu'il me tendait. Le Russe se tenait au-dessus de moi, m'observant. J'aurais juré lire un appétit dévorant dans son regard.

La carotte était délicieuse, ou peut-être que je mourais simplement de faim. J'avalai la bouchée et tendis les lèvres pour en avoir une autre.

Les traits endurcis de son visage s'adoucirent alors qu'il me nourrissait avec l'autre moitié de la carotte, puis en sortait une autre.

— Tu ne sais rien, alors je vais te le dire. En février, dans un restaurant appelé Caffe Milano, Junior a tiré sur six de mes hommes et les a tués.

J'arrêtai de manger, mon appétit ayant soudain disparu.

— Tu le connais ? demanda-t-il sur un feint ton de conversation.

— Et qui a tiré sur mon frère ? demandai-je.

C'était en février que Gio s'était fait tirer dessus. Quand Junior avait refusé de l'emmener à l'hôpital et, à la place, avait amené une infirmière pour s'occuper de lui à la maison.

L'infirmière qu'il venait d'épouser aujourd'hui.

De nouvelles larmes me piquèrent les yeux en pensant que leur mariage avait dû être ruiné par mon kidnapping, et qu'ils devaient tous être très inquiets pour moi.

— Si tu penses que mes frères ne te tueront pas pour ça, tu es fou.

Il haussa les épaules.

— Oh, je suis sûr qu'ils me voudront mort. Mais ils se retiendront.

Je redoutai la réponse à ma question suivante.

— Pourquoi ?

Un sourire sauvage joua sur ses lèvres. Il me donna une autre carotte à manger.

— Parce que, *zaika*, je ne te libérerai pas. Et ils ne voudront pas que tu sois blessée, tu vois ? Et puis ce sera très dur de nous trouver en Russie.

En Russie.

Il ne me libérera pas.

Une panique intense crispa mon ventre, emplissant

mon corps d'adrénaline. Je tentai de bondir de ma chaise, ce qui ne réussit qu'à la balancer en avant et à projeter ma poitrine sur la table.

Apparemment peu impressionné, il me redressa d'un petit coup sur l'épaule.

— Je ne vais pas en Russie avec toi, lui dis-je.

Comme si le dire assez fermement ferait en sorte que ça ne se réalise pas.

— Si. Tu seras ma future épouse, *zaika*. Et tu apprendras à obéir à ton mari. Sois une gentille fille, et tu pourrais un jour mériter ta liberté.

Mon cœur tambourina dans ma poitrine.

— *Non.*

— *Izvinyayus.*

— Qu'est-ce que ça veut dire ?

— Ça veut dire « désolé ». Ton destin a été scellé, *printsessa*. Tu es à moi. Tes frères me paieront pour prendre soin de toi.

Mon estomac s'entortilla en un nœud serré.

— Ne t'inquiète pas, je vais bien prendre soin de toi.

Il me tendit une autre carotte, mais je détournai brusquement la tête.

Il m'attrapa le menton et tourna mon visage vers le sien. Ses caresses étaient douces, mais ses yeux flamboyaient impérieusement.

— Tu *vas* manger. Ne me provoque pas.

Je le foudroyai du regard, mais à ma grande horreur, son visage beau et cruel devint flou lorsque mes yeux se remplirent de larmes.

Il me caressa la joue du pouce, mais rien ne changea dans son expression.

Encore une fois, je sentis cette pression au fond de moi. Comme si mon corps aimait l'idée que je sois la prisonnière de cet homme, alors même que mon esprit se rebellait.

Une larme s'échappa de mon œil droit et tomba sur ses doigts.

Il soutint mon regard tandis qu'il levait la main jusqu'à sa bouche et les suçait. Il pencha la tête sur le côté.

— Peut-être que je te laisserai partir, dit-il, comme s'il discutait de l'endroit où il voulait manger et pas de l'intégralité de mon futur. Après un an ou deux. Nous verrons.

— Vlad, tu ne peux pas…

— Ah, mais je peux, *zaika*, dit-il en tapotant la table, où se trouvait le sac de carottes. Assez discuté. Montre-moi que tu peux être une gentille fille et mange.

Il en leva une autre et l'appuya contre mes lèvres.

Je secouai la tête, décidée à refuser. Nos regards se soudèrent, ses yeux bleus sondaient les miens, et j'ouvris la bouche pour manger, comme il l'avait ordonné.

Maudit soit-il.

En silence, nous maintînmes notre duel de regards – Vlad me dominant de sa taille, sa main me donnant les carottes à manger, puis les sardines ; moi acceptant chaque bouchée, le foudroyant du regard avec toute la provocation dont j'osai faire preuve. Pendant tout ce temps, mon traître de corps répondait à la proximité de Vlad. Sa virilité extrême : la puissance derrière les muscles épais, la force de sa présence.

— Gentille fille, dit-il quand j'eus terminé.

La minuterie du four sonna. Il sortit la pizza et la lança dans la boîte en carton de laquelle il l'avait sortie.

— Mika. Viens.

Le jeune garçon fit pivoter ses jambes sur le dossier du canapé et en sauta. Il pouvait bien être plus jeune que je ne l'avais initialement cru.

Quand il entra dans la cuisine, je lui demandai :

— Mika, quel âge as-tu ?

Le jeune garçon lança un coup d'œil à Vlad, qui haussa les épaules.

— Tu peux répondre.

— Douze ans, marmonna-t-il.

Il affichait un regard colérique, mais il n'était pas dirigé vers moi, plutôt vers la table.

Vlad lui tendit une part de pizza sur une assiette et posa une orange à côté.

— Voilà. Prends un verre de lait pour aller avec.

Le jeune garçon obéit et je fus légèrement rassurée. Vlad s'occupait au moins de ses besoins basiques en nourriture. Mais malgré tout, il aurait dû être à l'école.

— Dans quelle classe es-tu ?

— Aucune, répondit le garçon sur la défensive.

Comme s'il me défiait d'essayer de le forcer à aller à l'école.

— Tu veux retourner en Russie, Mika ? demanda Vlad.

La peur apparut sur l'expression de Mika et mon cœur se serra.

— *Nyet*, dit-il rapidement.

Vlad semblait comprendre son appréhension.

— Avec moi, clarifia-t-il. J'emmène la fille à Volgograd.

Mika semblait toujours méfiant.

— Tu resteras avec moi, à moins que tu ne préfères que je te confie aux soins de quelqu'un d'autre.

Je sentis de la réticence dans l'offre de Vlad, comme s'il rechignait à s'occuper de ce jeune garçon pour toujours, mais le soulagement sur le visage de Mika me donna envie de jeter les bras autour du cou de Vlad et de l'embrasser.

Pauvre Mika. Récemment orphelin, il était probablement terrifié d'être abandonné ou refilé à un inconnu. Il voulait simplement s'attacher à quelqu'un qui s'occupe de lui.

Soudain, je n'étais plus aussi contrariée que Vlad m'emmène en Russie. Quelqu'un devait s'occuper de ce jeune garçon, lui donner une éducation et s'assurer qu'on prenait soin de lui. Si j'étais là, je pourrais m'assurer de son bien-être. Je le lui devais, étant donné que c'était Junior qui avait fait de lui un orphelin.

4

Vlad

Dans la chambre, je détachai les poignets d'Alessia pour vérifier la peau en dessous des nœuds. Elle était irritée et à vif, alors j'enroulai un bout d'un de mes tee-shirts autour de la zone avant de la rattacher.

Elle resta silencieuse tout du long. Renfermée.

Je ramassai le glucomètre pour vérifier sa glycémie avant de la coucher.

— Tu n'as pas besoin de revérifier. Je dois être stable maintenant, marmonna-t-elle.

Je l'ignorai et pris quand même une goutte de sang. Elle ne me donnait pas l'impression d'être du genre à se suicider, mais je préférais ne pas me fier à elle pour avoir toutes les informations. Mais d'après celle qu'elle m'avait donnée, elle avait raison, ses résultats étaient dans la moyenne.

Je pris note mentalement de faire un paquet de

recherches sur sa maladie, pour pouvoir prendre correctement soin d'elle.

Un instinct protecteur féroce me consumait déjà à son égard, ce qui était inhabituel pour moi. Je ne faisais pas confiance aux femmes. D'après mon expérience, c'étaient les créatures les plus sournoises et malhonnêtes au monde. Mais celle-ci se trouvait complètement à ma merci, ce qui changeait considérablement la dynamique.

Elle était également magnifique.

Ça n'aurait pas dû avoir d'importance. Ça n'aurait dû faire aucune différence, mais c'était le cas.

Bien sûr, Sabina aussi était magnifique, et regardez ce qu'elle avait fait. Elle avait failli me faire tuer. Je ne savais toujours pas quel avait été son objectif… la raison pour laquelle elle avait voulu me tendre un piège.

Je retirai les cordes autour des chevilles d'Alessia et l'escortai jusqu'à la salle de bains. Je trouvai une brosse à dents neuve dans le tiroir.

— Tu peux utiliser ça.

Je la déposai sur le lavabo.

— Comment t'attends-tu à ce que je me brosse les dents avec les poignets attachés ?

Je haussai les épaules.

— C'est toi qui choisis. Débrouille-toi ou pas. Et laisse la porte ouverte.

Je retournai dans la chambre pour lui donner un minimum d'intimité.

Elle sortit de la salle de bains quelques minutes plus tard, je l'attachai au lit et éteignis la lumière.

Puis je ne sus pas quoi faire. Me coucher à côté d'elle déclencherait une telle érection que ma verge exploserait. Mais je n'allais pas la laisser livrée à elle-même non plus.

J'allai voir rapidement Mika, bien que le gamin n'ait jamais eu besoin de quoi que ce soit. Il était lové sur le canapé qui lui servait de lit et regardait la télévision. Je ne lui indiquai pas que c'était l'heure d'éteindre les lumières. Il était trop autonome pour avoir besoin d'entendre ce genre de sermons. Je fis simplement le tour et éteignis les lumières comme je le faisais chaque soir, en en laissant une faiblement éclairée dans la cuisine au cas où il se lèverait.

— *Dobri nochi,* Mika.

Je passai la main par-dessus le dossier du canapé et lui serrai le bras.

— *Dobri nochi,* marmonna-t-il d'une voix endormie en appuyant sur le bouton « off » de la télécommande.

À l'étage, je me brossai les dents et retirai mes chaussures. Je décidai que dormir tout habillé au-dessus des couvertures était la meilleure option. Si je me frottais contre cette peau douce et jeune pendant la nuit, impossible de savoir ce que je ferais.

— Qu'est-il arrivé aux parents de Mika ? demanda la voix rauque d'Alessia dans l'obscurité.

Seigneur. Était-ce pour ça qu'elle était aussi silencieuse ? Elle avait pensé à Mika tout ce temps ? Ma poitrine se serra étroitement.

Bon sang. J'aurais préféré ne pas trouver cette femme tellement sympathique.

— Je te l'ai déjà dit, dis-je d'une voix tranchante, même si elle ne le méritait pas.

Même si ce que je lui avais dit n'était pas complètement vrai.

— Junior les a tués ?

Son ton tremblant me força à dire la vérité.

— *Nyet.* Non. Le gamin n'avait pas de père, pour ce que j'en sais, admis-je. Sa mère faisait le trottoir pour la *bratva.* Elle et Mika sont venus ici avec Aleksi, un des hommes de ma cellule. Puis elle s'est enfuie et nous a laissé Mika. Aleksi s'occupait de lui. Ton frère a tué Aleksi.

— Sa mère… l'a laissé avec la *mafiya* russe ?

— *Da.* La garce s'est enfuie. Elle a abandonné son fils dès qu'ils sont arrivés en Amérique. Je suppose qu'elle a vu ce voyage comme son ticket pour la liberté. Elle a dit à Mika d'être loyal envers nous pour que nous prenions soin de lui.

Ce gamin *était* terriblement loyal. Mais je ne voulais certainement pas être responsable de lui.

— Et vous l'avez fait ?

L'inquiétude s'entendit dans sa voix.

— *Da.*

C'était plus ou moins vrai. Entraîner des gamins des rues faisait partie depuis longtemps de la *mafiya* russe.

— J'étais absent quand ton frère a tué tout le monde. Quand je suis revenu, j'ai trouvé le môme qui vivotait tout seul. Il avait mangé toute la nourriture dans la maison et volait dans les magasins du quartier pour survivre. Il s'est caché quand la police est venue fouiller.

— Oh mon Dieu. Pauvre gamin.

Elle resta silencieuse un instant.

— Il allait à l'école ?

— Non.

Intégrer le gamin dans la société américaine ne faisait pas partie de mon plan. Sa situation n'était pas pire qu'elle l'aurait été s'il avait été en Russie avec sa mère prostituée. Ses chances de survie – et même celles d'avoir une situation de vie correcte – s'étaient nettement améliorées quand j'étais devenu responsable de lui. Je le savais parce qu'il restait collé à moi comme de la glu. Il m'était extrêmement reconnaissant et faisait tout ce que je disais sans poser de questions.

— Il apprend encore l'anglais. Et j'ai choisi de le garder avec moi, près de moi. C'est une situation à court terme.

— Et à long terme ?

Le ramener dans des rangs inférieurs de la *bratva*.

— Je n'ai pas encore trouvé.

— Tu fais chanter ma famille, non ? Tu exiges de l'argent pour moi ?

— Oui.

— Une partie de cet argent devrait revenir à ce garçon.

Elle le dit férocement, comme si elle était prête à se battre contre moi à ce sujet. J'aimerais dire que j'étais insensible à sa compassion pour Mika, mais une sorte de sentiment tortueux et coupable me troubla.

Cette femme n'était peut-être pas la princesse égoïste et gâtée que j'avais imaginée. Pourtant, elle était surprotégée, naïve et douce, comme une fille couvée le serait. Mais j'appréciais sa passion pour le gamin.

— *Da.* D'accord. Je créerai un compte pour lui. Offshore, exonéré d'impôts, bien sûr.

Elle se retourna dans le noir, et leva les yeux vers moi. Je dus lutter contre l'envie de la toucher. D'écarter ses cheveux châtains de son charmant minois. De passer mon pouce sur ses lèvres boudeuses. De le fourrer dans sa bouche et de le lui faire sucer.

— Tu le promets ?

— Tu as ma parole.

Elle reposa la tête sur l'oreiller et soupira.

Je ne pouvais pas résister. J'enfouis mes doigts dans ses cheveux et lui massai doucement le crâne.

Elle émit un doux son d'abandon. Je continuai jusqu'à ce qu'elle s'endorme.

Puis je me forçai à m'éloigner d'elle, jusqu'à l'autre bout du lit, me détournant.

5

Alessia

— ENLÈVE-MOI ÇA, gémis-je quand je me réveillai.

Mes bras étaient douloureux d'être restés trop longtemps dans la même position.

Je tendis mes poignets à Vlad, sans grand espoir qu'il
s'exécute. J'étais sa prisonnière, après tout.

Mais il n'était pas non plus un tyran. Je le voyais déjà.
Il avait protégé mes poignets, la veille, quand il avait vu
que la corde irritait ma peau. Et il m'avait massé la tête
jusqu'à ce que je m'endorme le soir. Avais-je déjà ressenti
quelque chose d'aussi merveilleux dans ma vie ?

Je n'étais pas sûre qu'il ait dormi.

Il était assis sur le lit, portant encore ses vêtements, ses
doigts volant sur le clavier de son ordinateur portable.
C'était drôle, je l'aurais catalogué comme étant du genre à
taper avec deux doigts. Je supposai que je l'avais sous-
estimé.

Sans un mot, il tendit la main et me détacha, tout

simplement. Je grognai et secouai les bras, frottant les four-millements avant de me pencher et de détacher mes chevilles.

— Je veux rentrer chez moi.

Je savais que ça me donnait l'air d'un bébé. Et je savais qu'il n'allait pas dire « D'accord » et me renvoyer chez moi. Mais il devait entendre mes griefs.

— *Izvinyayus.*

Désolé. Je supposai que j'apprenais le russe. Je me le rappelai de la veille.

Il me tendit une assiette avec un muffin aux myrtilles et vérifia ma glycémie comme un habitué. Clairement, il avait fait des recherches depuis la veille. Qu'il sache qu'il fallait avoir de la nourriture prête pour moi dès que je me lèverais était impressionnant. Ce qui était encore plus impressionnant, c'était qu'il administra la dose correcte d'insuline sans que je le lui dise. Comme la veille, quand il dévoila mon ventre, je rougis parce que ma petite culotte était visible. Parce qu'il touchait ma peau. Parce que mon corps réagissait à sa proximité.

Je terminai le muffin, essayant de prétendre que je n'étais pas affectée. Quand je posai l'assiette, il fit un geste vers la salle de bains.

— Vas-y. Douche-toi. Brosse-toi les dents.

J'étais à mi-chemin de la salle de bains quand je m'arrêtai et me retournai.

— Vlad.

— *Da ?*

— Tu vas vraiment m'emmener en Russie ?

J'aurais juré voir une lueur de regret sur son visage avant qu'elle ne laisse place à de la résolution.

— *Da.* Tu viens. Tu m'appartiens maintenant.

Quelque chose se retourna dans mon ventre. Ce n'était pas simplement de la peur. C'était primaire et bestial.

C'était la conscience de la virilité brute de Vlad. Sa conviction qu'il me possédait. Malgré ma colère et mon refus de me soumettre, ma petite culotte était mouillée à cette idée.

Et ça m'énervait.

— Tant pis pour toi, mon ami.

Je ne doutais pas une seconde que mes frères le tueraient quand ils me retrouveraient.

Et pourquoi est-ce que ça me tordait les tripes ?

Parce que j'étais bien trop compatissante. Je m'attachais trop facilement. Je ressentais déjà le besoin de protéger et de prendre soin du jeune Mika. Et mes sentiments pour Vlad… n'étaient pas complètement amers.

Mais ça ne signifiait pas que j'allais le laisser m'emmener en Russie.

Je devais trouver un moyen de dégager d'ici. Et j'allais commencer par chercher toute arme potentielle dans la salle de bains.

Je fermai la porte et la verrouillai.

Moins de trente secondes plus tard, Vlad défonça brusquement la porte, emplissant l'espace de son torse puissant et de son visage hostile.

Un frisson descendit le long de ma colonne vertébrale juste avant qu'il ne tende les mains vers moi et tire ma robe par-dessus ma tête. Le choc de la punition me secoua tout entière. Je me tenais là avec ma petite culotte, luttant contre le tremblement qui commença entre mes cuisses.

À l'arrière de mes genoux.

Remonta jusqu'à mon cou.

— Qu'est-ce que je t'ai dit qui se passerait si tu me défiais ?

Son accent était plus marqué que d'habitude, son regard bleu et froid.

Mais plutôt mourir que de trembler devant lui. Je me forçai à ne pas bouger et levai le menton.

Il m'agrippa par le coude et me fit faire volte-face vers le miroir, puis il posa une main entre mes omoplates et força mon buste à se baisser sur le plan de travail.

Mes seins s'étalèrent et s'aplatirent sur le marbre froid.

— Vilain lapin.

Il me frappa sur le postérieur trois fois, fort. Au même endroit.

Oh mon Dieu, il m'avait appelée « lapin ». En anglais.

Mon corps stupide pensait visiblement que c'était des préliminaires, parce que ma petite culotte était trempée. J'osai jeter un coup d'œil dans le miroir et croisai son regard. Ses yeux bleu clair semblaient plus sombres. Tumultueux. Il soutint mon regard alors qu'il me donnait encore la fessée.

Mon intimité se resserra.

Cristo, ça n'aurait pas dû m'exciter à ce point. Mon postérieur me picotait et se contractait là où il l'avait frappé. Mon autre fesse aspirait au même traitement. Un sombre fantasme où j'étais malmenée, où j'étais prise brutalement, peut-être même forcée, se tapissait aux abords de ma conscience sexuelle. Un désir que je n'avais jamais admis.

Une perversion sérieusement tordue.

Vlad ne m'avait toujours pas libérée de son regard. Il frappa mon autre fesse – *Dieu merci !* – et sa main resta là, serrant brutalement. De son autre main, il prit ma gorge, souleva le haut de mon corps jusqu'à ce qu'il touche son torse. Il s'avança juste derrière moi, le renflement dur de sa verge se pressa contre la petite culotte sur mes fesses.

Oh Seigneur, les papillonnements dans mon ventre étaient surréalistes. Ma respiration était courte et tremblante. La sienne était chaude, tout contre mon oreille.

— Il ne te reste que ta petite culotte, *zaika*. Que se passera-t-il si tu me désobéis encore ?

Mon intimité se resserra.

Je ne répondis pas, parce que ça semblait être une question rhétorique, mais il mordit le creux de mon cou. Suffisamment fort pour laisser une marque.

Je hoquetai.

— Réponds-moi, *printsessa*.

Des papillonnements. D'autres papillonnements. Des papillonnements partout. Dans tous les sens.

— Je-Je perds ma petite culotte ?

Oh mon Dieu, on aurait dit l'héroïne idiote d'un porno ridicule.

Vlad émit un petit rire sombre.

— C'est ça, *printsessa*. Tu seras nue pour moi.

Il recula les hanches et me donna un coup de reins, poussant mon bassin contre le plan de travail et son érection entre mes jambes.

— Et si c'est ma réaction devant ta petite culotte, que penses-tu que je ferai quand tu seras nue ?

Tout mon corps frissonna.

Il déplaça ses hanches sur le côté et me frappa de nouveau le postérieur, pile là où je voulais.

Un gémissement tomba de mes lèvres avant que je ne puisse le retenir. Vlad me donna ensuite un coup de reins dur entre les jambes en serrant sa main sur mon cou. Je geignis.

— *Blyat*, marmonna Vlad. Si tu continues à faire ces bruits, je vais te baiser tout de suite, *printsessa*. J'essaie de me retenir, mais tu rends ça difficile.

Oh, *Santa Maria*. Mes yeux se révulsèrent. J'étais tellement excitée que j'étais ivre de désir.

Son pouce suivit la ligne de ma mâchoire, ses doigts toujours enroulés autour de mon cou.

— J'aime la manière dont tu trembles, Alessia.

Je tremblai plus fort. Mon ventre plat frissonnait sous chaque respiration saccadée.

— Vlad, chuchotai-je.

Il me donna un autre coup de reins.

— Redis-le.

— Vlad.

Je frissonnais. Ma peau était chaude et me picotait, mon intimité était en fusion.

Vlad baissa la main sur ma gorge et me serra brutalement un sein.

Cette fois, je laissai échapper un gémissement sans me retenir.

— Tu *réclames* une bonne baise.

Il y avait de l'émerveillement dans sa voix.

J'essayai de déglutir, mais je ne pouvais pas. Mes lèvres s'ouvrirent. Son pouce glissa à l'intérieur.

Je le mordis, fort.

Il le retira brusquement et en même temps il me donna un autre coup de reins. L'entrejambe de ma petite culotte était tellement trempé que je craignais qu'il puisse le sentir à travers son jean.

Il repoussa le haut de mon corps vers le bas et recommença à me frapper durement en un déluge de claques sur une fesse puis sur l'autre.

Je gémis de façon obscène. La douleur arriva comme un soulagement. Exactement ce dont j'avais besoin pour calmer la tension sexuelle qui menaçait de me faire voler en éclats de l'intérieur.

Il ne se retenait pas non plus. Chaque tape me piquait, me brûlait et me laissait haletante et tellement mouillée. Quand il changea sa main de position pour me frapper entre les jambes, un mini-orgasme me traversa.

∾

Vlad

ELLE VENAIT d'avoir un orgasme.

J'admettais que j'avais choisi Alessia comme otage parce qu'elle était agréable à regarder, mais je n'aurais jamais cru que je verrais quelque chose d'aussi sexy. Si j'avais vendu des tickets pour ce spectacle, je me serais fait un demi-million par jour. Mais je ne permettrais jamais, dans aucune vie, à un autre homme de voir ce que je voyais. Non, je me sentais déjà intensément possessif avec elle.

Alessia était le genre de personnes à faire fantasmer. Son visage pouvait faire s'élancer un millier de vaisseaux. Son corps aurait mis un million d'hommes à genoux. Et à mes yeux, cette démonstration de sexualité dévergondée venait de détrôner pour toujours n'importe quelle autre femme.

C'était une bonne chose que je la garde pour moi.

— *Blyat*, dis-je d'une voix rauque à son oreille. Tu me donnes tellement mal aux noix qu'elles vont tomber.

Son corps doux et délicieux continua à trembler contre le mien. Je rêvais de tendre la main entre ses cuisses et de lui donner un nouvel orgasme. Je savais qu'il ne faudrait pas grand-chose, elle était encore sur le point de décoller, prête pour ça.

Mais si je le faisais, je finirais par lui arracher sa petite culotte et la pilonner jusqu'à ce que nous fassions un boucan de tous les diables, et je ne pouvais pas faire ça.

Pas tant qu'elle était ma prisonnière.

Pas avant qu'elle ne soit ma femme. Saine et sauve dans ma propriété à la sortie de Volgograd.

Pas à moins que je ne sois sûr qu'elle le voulait.

Je ne violais pas les femmes.

Alors je me forçai à m'éloigner d'elle et frappai de nouveau ce derrière délicieux.

— Va dans douche.

Mon accent était tellement marqué que c'était étonnant qu'elle me comprenne.

— Laisse porte ouverte ou subis les conséquences.

Elle trébucha en direction de la douche et ne regarda pas en arrière, passant derrière le rideau sans ouvrir le robinet et sans enlever ses sous-vêtements.

Bon sang, elle était tellement captivante. Ce n'était pas simplement sa beauté, c'était ce mélange d'innocence et d'insolence. Son courage et sa fierté, malgré sa situation. La compassion qu'elle avait montrée envers Mika.

Je désirais la posséder de toutes les manières possibles. Lui donner la fessée, la dominer, la gâter. Je la voulais à genoux, levant la tête vers moi avec ses grands yeux de Sicilienne, désireuse de plaire.

Et désormais je me sentais contraint de gagner la confiance que cette scène requerrait. Pour lui apprendre à m'obéir et à m'honorer et la récompenser de ses efforts.

Généreusement.

Par des orgasmes, des présents, de l'attention. Des compliments. D'autres orgasmes.

Pourrais-je lui faire apprécier la Russie ?

Lui donner envie de rester ?

Parce que si je n'y arrivais pas, je savais déjà que je serais incapable de la garder contre sa volonté sur le long terme.

Je prendrais l'argent de son frère et la libérerais, un jour, si elle ne voulait pas rester.

Mais… si elle restait ?

Elle jeta sa petite culotte à l'extérieur de la douche et j'entendis l'eau commencer à couler.

Dehors. Fous le camp.

Je me forçai à ressortir de la salle de bains, serrant ma verge palpitante à travers mon jean. Je devrais me masturber avant la fin de la journée ou je la mettrais sans doute sur le ventre et la prendrais par-derrière au milieu de la nuit.

Mais pour l'instant, je devais m'occuper des affaires.

Des passeports à fabriquer, des documents à contrefaire. Des vols privés à réserver.

Je pris sa robe et l'enfermai dans le double-fond de ma valise avec mes autres objets de valeur, puis retournai à mon ordinateur portable. J'avais presque terminé de falsifier les traces électroniques d'Anya Popov, la mère de Mika. J'avais changé son âge pour vingt-huit ans et échangé sa photo avec une de celles d'Alessia que j'avais prises sur son compte Instagram. Cette fille aurait dû être plus prudente avec ses paramètres de confidentialité – quand bien même cela ne m'empêcherait pas de la hacker. Le résultat donnait l'impression que la garce qui était venue ici et avait abandonné son fils retournait en Russie, emmenant le gamin avec elle alors que leurs visas se retrouvaient soudain encore valides.

Le hacking était une compétence qui m'avait été enseignée à un jeune âge par Igor Ivanovich, le chef de la cellule dans laquelle j'avais été placé quand ma mère était devenue la maîtresse de Victor. C'était un talent que j'envisageais d'enseigner à Mika. Cela l'éloignerait des rues, lui donnerait une spécialité qu'il pourrait utiliser pour tracer sa voie dans la *bratva*. Se rendre trop utile pour être un jour tué. Et riche aussi, s'il était malin.

J'avais mis de l'argent de côté sur des comptes dans le monde entier, sous trop de noms différents pour en faire la liste. J'avais organisé des stratagèmes de blanchiment d'argent élaborés pour les gros bonnets de la *bratva*, pour les politiciens véreux, non seulement de Russie, mais d'Ukraine, de Slovénie et d'Amérique du Sud.

Soutirer de l'argent aux Tacone n'était pas une nécessité. C'était simplement ma vengeance de prédilection.

L'argent avait toujours été un jeu pour moi. Des chiffres sur mon écran, sur mes comptes. Les virements, les dividendes et les revenus passifs m'avaient non seulement gardé en vie jusqu'à ce jour, mais m'avaient également rendu incroyablement riche. Une richesse que je gardais essentiellement cachée à ceux qui m'entouraient, même la *bratva*. Seul Victor savait combien je possédais vraiment. J'étais transparent avec lui parce que, s'il l'avait appris autrement, il aurait présumé que je la lui avais volée.

Malgré ma rancune, le gamin de douze ans en moi avait toujours besoin de son approbation. Il restait le papa de l'organisation et de ma vie.

Même avec ma mère désormais morte.

L'eau s'arrêta de couler dans la salle de bains. Je n'allai pas regarder par la porte ouverte, parce que voir Alessia mouillée et nue me rendrait dingue. Même ainsi, ma verge enfla contre ma fermeture Éclair, me forçant à changer de position sur le lit.

J'appelai un pilote que je connaissais en Irlande, et pris des dispositions pour qu'il soit là avec un jet privé prêt à décoller d'ici à minuit au plus tard. Impossible que je fasse confiance à un pilote aux États-Unis, parce que les Tacone pouvaient avoir des espions n'importe où.

Alessia sortit de la salle de bains. Ses cheveux humides lui tombaient sur les épaules et une serviette était enroulée autour d'elle.

Je secouai la tête et elle s'arrêta.

— Laisse tomber la serviette, grondai-je. Tu as perdu tes privilèges vestimentaires.

Ses narines se dilatèrent. Elle en avait fini avec l'excitation et maintenant, elle était énervée.

— *Figlio di puttana !*

Je ne parlais pas italien, mais je compris l'idée générale.

— Fais attention, *printsessa*, ou je vais encore te faire rougir le derrière.

La couleur apparut sur ses joues.

Ma verge devint dure comme du marbre.

Bon sang, je voulais tellement la pilonner entre les cuisses jusqu'à ce qu'elle hurle !

Je me raclai la gorge.

— La serviette.

Elle projeta ses cheveux en arrière, envoyant des éclaboussures d'eau dans la pièce. D'un geste du poignet, elle retira la serviette et me la lança au visage. Heureusement pour nous deux, elle portait une petite culotte en dessous.

Ça n'empêcha pas ma verge de palpiter.

— Par ici.

Ma voix était plus bourrue que je ne l'avais souhaité. C'était à cause de mes testicules douloureux. Je me forçai à prendre une inspiration avant de m'approcher d'elle, de nouer ses poignets et de l'attacher au lit.

Elle avait une odeur de pomme et de miel. Était-ce celle de mon shampooing ? Ça n'était pas possible. Je n'avais jamais rien senti d'aussi érotiquement attirant de ma vie.

J'enroulai d'abord la bande de tissu autour de ses poignets pour empêcher la corde de l'irriter, puis liai ses mains l'une à l'autre. Je les attachai à la tête de lit pour faire bonne mesure, mais je laissai ses chevilles libres. Ça n'avait rien à voir mon désir de regarder ses longues jambes s'agiter dans tous les sens sur le lit quand elle essaierait de bouger.

Rien du tout.

Bon sang.

Je n'allais rien pouvoir faire si je restais dans cette pièce avec elle. En tout cas, rien qui ne soit pas pornographique.

Quand je fus sûr qu'elle était bien attachée, je me levai et m'en allai. J'avais besoin de donner à Alessia plus qu'un muffin à manger.

Je devais m'assurer que Mika avait pris son petit déjeuner.

Surtout, je devais m'éloigner de la tentatrice ligotée sur mon lit.

6

Alessia

— Du porridge ? demandai-je quand Vlad revint avec un bol.

Il regarda dedans.

— Ouais ? Je suppose, répondit-il en haussant les épaules. Mika aime bien ça.

Ça n'aurait pas dû me réchauffer le cœur. Pas plus que le fait qu'il avait tranché une banane dans le bol et apporté une tasse de café fumant. Il avait l'air d'un dur de la rue et d'un mauvais garçon jusqu'à l'os, mais au fond Vlad n'était pas plus voyou que mes frères.

Il détendit la corde nouant mes poignets à la tête de lit et m'aida à me redresser, appuyée au milieu du lit contre un oreiller derrière mon dos. Il s'assit près de moi et tendit la cuillère.

— Vraiment ? Tu vas encore me nourrir ? Tu n'as rien de mieux à faire de ton temps ?

Il marqua une pause avec la cuillère à mi-chemin de

ma bouche, comme s'il réfléchissait vraiment à la question. Il haussa de nouveau les épaules.

— Oui et non.

— Explique-toi.

J'avalai une cuillerée de porridge qui était en fait exactement ce qu'il me fallait.

— Oui, j'ai du travail à faire. Mais je ne peux pas laisser ma prisonnière sombrer de nouveau dans un coma diabétique.

— Tu m'as déjà donné de l'insuline.

— J'aime bien t'avoir à ma merci.

Le voilà. Le nœud de notre relation et, je le craignais, la source de notre attirance mutuelle. C'était dégoûtant et déplacé à tous les niveaux. Et la raison pour laquelle je devais échapper aux griffes de cet homme immédiatement. Avant qu'il ne m'emmène en Russie. Avant que je ne commence à l'apprécier davantage.

Il leva le bord de la tasse de café vers mes lèvres et je le bus avec précaution.

Et faillis le recracher.

— Oh mon Dieu ! Est-ce que c'est du café *instantané* ?

Vlad haussa les épaules.

— Et ?

Je fis la grimace.

— Dégoûtant.

Il leva la tasse vers ses lèvres et la vida d'un trait, puis s'essuya la bouche du revers de la main.

— Pas d'expresso aujourd'hui, *printsessa*.

Je fixai la tasse vide, ma déception était réelle. Ouais, j'avais de bien plus gros problèmes auxquels songer... comme être presque nue et attachée au lit d'un homme, devoir m'échapper avant qu'il ne m'emmène de l'autre côté de la planète. Mais ce café avait senti bon.

Et j'aimais vraiment mon café du matin, bon sang.

— Est-ce que c'est comme ça que les Russes font le café ?

S'il continuait à m'appeler princesse, je pourrais aussi bien agir comme telle.

Il me fourra une autre cuillerée de porridge dans la bouche.

— Les Russes boivent du thé. Ceux qui boivent du café boivent de l'instantané. En général.

Je me rendis compte qu'il m'incombait d'entretenir la conversation. Plus j'en apprenais sur lui, mieux ce serait. De plus, plus tôt je pourrais gagner sa confiance, plus vite je pourrais trouver un moyen de m'échapper. Je ne fermerais plus la porte quand il me le dirait. Je devrais agir comme la petite prisonnière obéissante et lui donner une fausse impression de complaisance.

Envisager l'obéissance me fit bouger les fesses sur le lit. La piqûre de la fessée s'était déjà estompée. Si c'était la version de Vlad de la punition, je n'étais pas en grand danger ne serait-ce que de me casser un ongle. Il semblait qu'il donnait plus dans l'humiliation que dans la provocation de la peur ou d'une vraie douleur.

Ce qui m'allait bien, parce que je ne donnais pas dans la vraie douleur ou la peur non plus.

Et l'humiliation… était plutôt excitante.

— Et toi ?

La surprise apparut sur son visage, comme si personne ne lui avait jamais demandé ce qu'il buvait. Quand il haussa les épaules, je me rendis compte que c'était un trait caractéristique.

— J'aime les deux.

— Mais pas l'expresso ?

Je laissai un sourire taquin jouer sur mes lèvres.

Je fus récompensée par un sourire qui me coupa le souffle. Il m'étudia un instant, comme si j'étais la créature la plus fascinante qui ait jamais foulé la terre, puis me donna une autre cuillerée.

— Je n'y ai jamais pris goût. Comment aimes-tu le tien ?

Je finis de mâcher et avalai.

— Cappuccino décaféiné.

— *Décaféiné* ? répéta-t-il avec mépris. Quel est l'intérêt ?

— La caféine affecte davantage la glycémie.

Et ma tension, ce qui n'était pas bon pour mon problème de reins, mais je n'aimais pas y penser.

Son visage s'adoucit de compassion.

— Ah, dit-il en retirant du pouce une goutte de lait sur ma lèvre inférieure. Un emballage si parfait que c'est dur de croire que la marchandise à l'intérieur est abîmée.

Je tressaillis et il secoua la tête.

— Je ne voulais pas dire ça comme ça. Je regrette seulement que mon idée soit fausse. La princesse de la mafia ne vit pas le conte de fées que j'avais imaginé, c'est tout.

Pour je ne sais quelle raison, je sentis mes yeux me piquer. Peut-être parce que je ne m'attendais pas à autant de compassion de la part de mon kidnappeur.

Bien sûr, il le vit. Ses sourcils se froncèrent et il passa le pouce sur ma joue.

— Chuuut. Je vais prendre soin de toi, Alessia. J'ai commis une erreur en te droguant hier, parce que je ne savais pas. Ça n'arrivera plus. Ta santé exige de la vigilance. De maintenir un équilibre délicat. Je gérerai le diabète. Tu n'as plus besoin de t'inquiéter.

Quelque chose me chatouilla la gorge. Un tremblement que je ne pouvais pas identifier. Mes yeux devinrent humides, sans que je comprenne pourquoi. J'avais toujours détesté que ma famille présume que j'étais faible et fragile, qu'elle se tracasse pour moi, et pourtant l'idée que Vlad prenne la relève semblait me soulager.

Cet homme *avait besoin* de me garder en vie. Il m'utilisait pour avoir une rançon. Il n'était pas un partenaire de vie qui s'engageait à me retirer le fardeau du diabète. Ou si c'était ce qu'il faisait, il était fou. Il ne me garderait pas comme épouse captive. Je ne resterais pas assez longtemps dans le coin pour ça.

Je détournai la tête, refusant davantage de nourriture. De toute façon, mon estomac était trop noué pour manger encore.

Vlad marmonna quelque chose en russe et me fit glisser sans ménagement sur le dos en me tirant par la cuisse de sa poigne tatouée. Ma petite culotte remonta sur mes fesses et je gigotais, essayant de la faire redescendre.

— *Blyat.*

Il secoua la tête et agrippa mes poignets pour les rattacher à la tête de lit.

C'était à l'évidence une sorte de juron. J'aurais bien demandé la traduction, mais je me sentais trop boudeuse.

Quand Vlad quitta la pièce, je me permis de laisser couler quelques larmes.

Vlad

Je restai loin de la chambre en mezzanine pendant presque toute la matinée. La fille représentait une tentation bien trop puissante pour moi, surtout sans sa robe.

Sa punition était devenue la mienne aussi.

Mais pendant toute la matinée, sa voix joua et rejoua dans mon oreille. Son odeur chatouilla mon nez. Je pensai à la sensation de ses cheveux soyeux entre mes doigts, ou à son joli derrière de princesse sous ma main.

Elle était si séduisante ! Tellement loin de la gamine gâtée que j'avais imaginée.

Mais ça ne voulait pas dire que je pouvais la détacher. Ni lui faire confiance. Ni la laisser partir.

Ses frères me devaient toujours un dédommagement.

Malgré tout, quand j'envoyai Mika nous chercher des burgers au In-N-Out, je le fis passer au drive-in du Starbucks pour prendre un grand cappuccino décaféiné.

Que pouvais-je dire ?

J'avais déjà cette fille dans la peau.

Pour un membre de la *bratva* aussi haut dans l'organisation, j'étais vraiment un pigeon. C'était probablement pour ça que Victor me laissait dans l'ombre. Ça, et aussi pour rendre service à ma mère. Pour me garder en sécurité. Même si j'avais aussi ma part de violence.

Quand Mika revint, j'apportai la nourriture à l'étage.

Alessia leva la tête et me foudroya du regard, mais ses magnifiques mamelons d'un rose foncé pointaient.

Seigneur, était-elle excitée ? D'être attachée et nue ?

Moi, je l'étais certainement. Ma verge bondit de façon acrobatique contre ma fermeture Éclair.

Mince. Ça n'allait pas marcher. Il était impossible que je réussisse à la nourrir sans d'abord l'avoir immobilisé et avoir sucé ses tétons tendus jusqu'à ce qu'elle gémisse et mouille.

Je posai la nourriture sur la commode et attrapai un de mes tee-shirts dans le tiroir.

— Je vais te permettre une brève sortie, dis-je, comme si j'allais l'emmener au zoo.

Elle plissa les yeux.

— Une sortie où ?

— Dans cuisine.

Je lui détachai les mains et inspectai ses poignets. Je n'aimais pas qu'il y ait des marques, malgré le rembourrage. Je les frottai pour restaurer la circulation. Puis, alors que le tic de ma joue devenait de plus en plus fort à cause de la proximité avec ses satanés seins superbes, je lui passai le tee-shirt par-dessus la tête.

Après l'avoir laissée utiliser la salle de bains, je dis : « Allons-y, *printsessa* », et la jetai sur mon épaule. La faire marcher aurait probablement constitué un meilleur choix. Elle aurait eu bien besoin de mouvement, j'en étais sûr. Mais j'aimais bien prendre le contrôle de son corps, lui montrer qu'elle m'appartenait.

Rien à faire, j'aimais simplement la toucher. Sentir sa chair contre la mienne, surtout dans une position indigne mais excitante.

Je la portai dans les escaliers et la déposai sur la chaise de la cuisine où je l'avais mise la dernière fois. Je l'attachai à la chaise avec les bras libres, mais nouai la corde à l'arrière pour qu'elle ne puisse aller nulle part, et je pointai un doigt sévère vers elle.

— Ne bouge pas.

Elle me regarda de travers, faisant la moue d'une manière qui rendit ma verge plus dure que de la pierre. J'avais envie de l'introduire entre ses lèvres pulpeuses et de l'étouffer avec.

— Mika, appelai-je. Surveille-la pendant que je vais chercher le repas.

Je l'aurais bien envoyé chercher la nourriture que j'avais laissée à l'étage mais je savais qu'Alessia aimait bien le gamin.

Je sais. Je m'adoucissais déjà.

Mika se positionna dans l'embrasure de la porte entre la salle de séjour et la cuisine et croisa les bras sur son torse en une parfaite reproduction d'un membre adulte et dangereux de la *bratva*. Un accès de culpabilité transperça mon bouclier d'indifférence envers le gamin.

Ne lui offrirais-je vraiment rien de mieux que la vie dans laquelle j'avais été plongé ? Le danger et les ténèbres ? La violence et la méfiance ?

Alessia voyait encore l'innocence en lui. Comment l'avais-je ratée ?

Je suppose que ce n'était pas quelque chose que je cherchais.

Je trottinai dans les escaliers et récupérai le café et la bouffe. Le temps que je retourne en bas, je trouvai Alessia engagée dans la conversation avec le gamin. Il tranchait une pomme avec son canif et il lui proposa une tranche.

Petite princesse charmante. Sa beauté lui obtenait probablement tout. La beauté et sa gentillesse naturelle. Elle était pure. Privilégiée, oui. Mais je ne dirais pas gâtée. Elle menait probablement le monde par le bout du nez depuis le début de sa courte vie, plus ou moins de rêve, alors elle s'attendait au meilleur de la part des gens.

Et ils le lui donnaient probablement. Surtout ceux qui étaient au courant de son diabète.

Me sentant enclin à la lâcher un peu, je posai la nourriture devant elle et la laissai utiliser ses mains pour changer.

Le regard reconnaissant qu'elle me lança m'assura que cet instant de faiblesse en valait la peine.

Je tirai une chaise à côté d'elle et fis signe à Mika de s'asseoir sur l'autre.

Nous étions tous là, une grande famille heureuse. Je vérifiai la glycémie d'Alessia pour voir si elle avait besoin d'insuline, même si elle m'avait dit que vérifier une fois le matin et une fois dans la soirée suffisait. Elle avait raison… elle allait bien.

— Quel est ton plat américain favori ? demanda Alessia à Mika.

Il prit une grosse bouchée de son double cheeseburger.

— Pizza, dit-il avec la bouche pleine.

Elle hocha la tête sagement.

— La pizza c'est plutôt génial. Mais je raffole des frites.

Elle en plongea une dans du ketchup et la mit dans sa bouche, ses yeux se révulsant comme si c'était une bouchée d'ambroisie.

Mika souffla, mais la manière dont ses lèvres s'incurvèrent m'annonça qu'il était aussi fasciné par elle que moi. Qui ne l'aurait pas été ?

Je restai à la regarder à l'œuvre, amadouant Mika pour qu'il sorte de sa coquille revêche alors qu'elle dévorait la nourriture que je lui avais apportée, puis se renfonçait dans son siège et avalait le café à petites gorgées. De temps à autre, elle me lançait un coup d'œil en douce.

Quand ils eurent terminé, Mika se leva et s'en alla, et je tendis la main pour détacher Alessia. Et ce fut là que tout partit de travers.

ALESSIA

J'AGRIPPAI le canif de Mika dans ma paume moite.

Pouvais-je le faire ?

Je devais.

Si je ne me libérais pas maintenant, je finirais dans un avion pour la Russie, et mes chances de m'échapper ou d'être retrouvée diminueraient très sérieusement.

Vlad se pencha au-dessus de moi, détacha les nœuds qui me retenaient à la chaise. À la seconde où il aurait terminé, je devrais passer à l'action. C'était ma meilleure chance. Je serais détachée, avec seulement Vlad à maîtriser.

J'avais entendu Mika aller aux toilettes, alors il n'aurait pas à assister à mon acte de violence. Et si je m'y prenais bien – un gros « si », étant donné que j'avais zéro entraînement pour poignarder les gens –, Vlad vivrait pour prendre soin du jeune garçon.

Parce que je ne pourrais pas vivre avec la culpabilité d'en avoir de nouveau fait un orphelin.

Vraiment, si j'avais été sans pitié comme un de mes frères, j'aurais choisi la jugulaire. J'aurais poignardé pour tuer.

Mais je ne pouvais pas le faire.

Je me sentais nauséeuse rien qu'à l'idée de lui entailler la peau.

Ayant terminé de me détacher, il agrippa mes avant-bras pour me soulever de la chaise.

C'était ma chance.

D'un rapide mouvement vers le haut, j'enfonçai la courte lame dans son ventre.

Il cria quelque chose en russe et recula brusquement, me faisant perdre ma prise avant que le couteau ne soit entré complètement.

Je le dépassai en courant… en tout cas, j'essayai de le dépasser en courant. Il se plaça entre moi et l'embrasure de la porte, agrippant de ses mains le manche du couteau. Du sang gouttait, tachant son tee-shirt.

Mes yeux se remplirent de larmes à la vue de la blessure, mais j'essayai encore, me précipitant pour passer à côté de lui.

Mais un grondement féroce en russe m'arrêta.

Non, ce n'était pas le grondement, c'était le flingue.

C'était l'expression.

Le jeune Mika se tenait derrière Vlad, le visage pâle et torturé, un pistolet instable dans ses mains tremblantes.

— *Nyet !*

Vlad arracha le couteau de ses côtes et le jeta sur le sol, puis se retourna et attrapa le flingue.

Je ne parlais pas russe, mais il était facile de comprendre que ce qu'il criait à Mika n'était pas gentil. C'était un savon de première classe. Pendant qu'il criait, il vida le pistolet de son magasin et le fourra à l'arrière de sa taille. Pendant tout ce temps, il saignait abondamment.

Je crus que j'allais vomir.

Vlad continua à réprimander Mika. Je n'étais pas sûre que ce soit parce qu'il m'avait permis de m'emparer du canif ou parce qu'il avait pointé une arme sur moi, mais un rougissement apparut sur ses oreilles et sa mâchoire remua de droite à gauche, son menton tremblant légèrement.

En fait, je le plaignais, quand bien même il aurait pu me tuer.

Même si mes chances d'évasion venaient de tomber à zéro.

Le jeune garçon semblait tenter de se défendre, faisant un geste vers moi alors qu'il marmonnait en russe, mais Vlad le coupa par plusieurs autres mots durs.

Je ne pouvais pas bouger. Il n'y avait nulle part où aller, de toute façon. Je tremblai comme une feuille, sans savoir pas si j'étais plus contrariée par ce que j'avais fait à Vlad, par l'humiliation de Mika ou par ce qui allait m'arriver.

Quand le jeune garçon fourra les mains dans ses poches et détourna les yeux, les clignant rapidement, Vlad se radoucit enfin. Sa voix devint plus calme. Plus encourageante. Il toucha le jeune garçon à l'épaule, lui dit quelque chose d'un ton plus doux et lui ébouriffa les cheveux.

Mika se retourna et s'enfuit comme j'avais voulu le faire.

Quand Vlad pivota vers moi, mon estomac se noua.

— Vlad, chuchotai-je.

Je ne savais pas ce que je voulais dire. « *Je suis désolée ?* *Ne me fais pas de mal ? Je n'essayais pas de te tuer ?* » Ou peut-être simplement : « *S'il te plaît, ne meurs pas.* »

J'ignorais pourquoi je m'en souciais, mais apparemment c'était le cas.

Je clignai furieusement des yeux, mais ils se remplirent quand même de larmes.

Vlad secoua brièvement la tête alors qu'il se rapprochait de moi.

— Garde tes larmes pour ta punition, *printsessa*. Je vais survivre.

Je laissai échapper un son… moitié rire, moitié sanglot, et il me mit sur son épaule même si à ce stade-là, j'aurais probablement dû être celle qui portait l'autre.

Il se déplaçait plus lentement que d'habitude, mais il m'emmena à l'étage et me déposa sur le lit, puis arracha le tee-shirt qu'il m'avait mis.

— Vlad, répétai-je d'une voix rauque.

Je me poussai sur les coudes, ma respiration était rapide et mes mamelons tendus même si ça n'avait rien à voir avec du sexe. Qu'allait-il me faire ?

Il me rattacha les mains, les laissant devant moi, avec des mouvements adroits et sûrs. Puis il agrippa mes mollets et me tira du lit, me retournant pour que mes pieds atterrissent sur le sol, mais le haut de mon corps était à plat sur le sommier.

Ouais, présentant mes fesses.

Une autre fessée.

C'était tellement hors de proportion par rapport à ce que je lui avais fait que j'avais envie de rire.

Il descendit ma petite culotte sur mes cuisses et me frappa la fesse droite puis la gauche plusieurs fois.

J'accueillis la sensation. Si c'était la pire chose qu'il devait m'infliger, je l'accepterais de bon cœur. Même si en attendant, je pensais simplement qu'il pourrait bien avoir besoin d'aller à l'hôpital.

Il appuya une de ses mains au creux de mes reins pour m'immobiliser et me donna durement la fessée. C'était déjà sexuel – tout dans cette punition était sexuel –, ma nudité, être attachée, être frappée si près de mon intimité. Mais quand il glissa le pouce entre mes fesses et le poussa contre mon anus, mon excitation mit le turbo.

Quelque chose se figea et se souleva dans mon bas-ventre, mes fluides se répandirent, coulant sur mes cuisses. Les sons qui sortaient de ma bouche ressemblaient distinctement à des gémissements de plaisir.

Vlad continua à me fesser à droite et à gauche une douzaine de fois environ, faisant s'agiter mes hanches pendant que son pouce restait en contact. Il ne me pénétra pas vraiment, mais il était toujours là, sur la partie *la plus* intime de mon corps.

Puis il s'arrêta brusquement.

— Ne. Bouge. Pas, gronda-t-il.

C'était un ordre impossible à respecter. Parce que, vous voyez, mon corps était sur le point d'exploser. La chaleur tourbillonnait et se diffusait dans tout mon corps, palpitant au fond de mon être. Même s'il m'avait relâchée, j'étais intensément consciente de la présence de mon anus, de mon intimité, du désir qui me parcourait.

Je tournai la tête et le regardai aller dans la salle de bains pour retirer son tee-shirt ensanglanté, examinant la blessure dans le miroir.

Je n'aurais pas dû être excitée dans un moment pareil.

C'était comme si toute la peur s'était transformée en sensation sombre et sexuelle. Mes fesses étaient chaudes et piquantes. Toujours nues pour lui.

Il était viril à l'extrême. Il avait reçu une blessure au couteau sans même grimacer. Il avait retiré l'arme et l'avait jetée sur le sol comme si je l'avais griffé avec un ongle. Et la seule colère qu'il avait manifestée avait été contre Mika !

Je remuai et frottai l'intérieur de mes cuisses l'une contre l'autre, essayant de me soulager.

— Tu restes dans la position dans laquelle je t'ai mise, m'ordonna Vlad d'un ton sec depuis la salle de bains, son accent marqué. Si tu bouges, je te donnerai la fessée si fort que tu la sentiras jusqu'en Russie.

C'était ridicule. J'étais maintenant certaine qu'il n'allait pas me faire de mal. Si c'était la pire chose que j'allais recevoir pour avoir essayé de le tuer, je n'avais pas peur. Sa plus grande cruauté était de me laisser là dans cette position humiliante, complètement excitée et à sa merci.

Peut-être qu'en fait, je désirais recevoir cette fessée.

Je remontai mes coudes contre ma poitrine et bougeai pour déplacer mes mains attachées entre mes jambes. J'avais sérieusement besoin de me soulager.

C'était une torture de ne pas pouvoir tourner les mains, mettre mes doigts où je voulais, mais de mes poings attachés, je frictionnai mon clitoris.

J'entendis une brusque inspiration provenir de la salle de bains.

~

Vlad

Ty che, blyat.

Je lâchai la bouteille sur le plan de travail, captivé par ce que je voyais sur le lit.

Ma magnifique otage était là où je l'avais laissée. *À se masturber.*

Ma verge bondit, le désir me bombarda. Je me forçai à

bouger lentement, à inspirer par les narines, à expirer lentement par la bouche, alors que je m'approchais d'elle.

— Qu'est-ce que je t'ai dit sur le fait de ne pas bouger ?

Ma voix ne ressemblait plus à la mienne. Elle était profonde et rauque. Je glissai mon bras autour de sa taille pour la soulever par les hanches et relevai ses bras, les redressant au-dessus de sa tête.

Je pris son intimité dans ma paume et me penchai pour lui parler à l'oreille.

— Est-ce que je te fais souffrir entre les cuisses, Alessia ?

Son sexe était trempé, ses replis gonflés et accueillants. Involontairement, un de mes doigts s'enfonça dans sa chaleur humide.

Elle gémit, ondulant des hanches pour me prendre plus profondément.

— Penses-tu mériter du plaisir après ce que tu m'as fait ?

Un minuscule geignement lui échappa. Son visage était pressé contre le matelas, alors je ne pouvais pas voir son expression, mais je lui mordillai l'oreille, caressai ses replis.

Ma verge se tendit.

— Excuse-toi, exigeai-je.

— Je suis désolée, dit-elle immédiatement.

Pauvre petit animal. Je pensais bel et bien qu'elle était désolée. L'horreur sur son visage à l'instant où elle m'avait planté m'avait tout révélé. Elle ne connaissait pas la violence. Elle ne voulait pas la commettre. Et ça me faisait sérieusement admirer sa tentative. Elle était courageuse. Forte pour quelqu'un avec une faiblesse physique. Plus forte que je ne l'étais, probablement.

Je glissai de nouveau un doigt en elle. Elle était étroite mais j'en glissai un second.

Elle se frotta contre le lit.

— Supplie-moi, *zaika*. Supplie-moi et je t'aiderai à jouir, la défiai-je.

Son odeur remplissait mes narines, sucrée comme des gâteaux au miel.

— Non, grogna-t-elle contre le lit.

J'immobilisai mes doigts.

— Non ?

Elle secoua la tête, frottant son visage sur le couvre-lit.

Eh bien, je n'étais pas un lourdaud qui insistait quand on lui disait non. Même si son *corps* suppliait sans fierté. Je retirai ma main de son intimité humide et me redressai.

Puis, peut-être parce que j'étais énervé, peut-être simplement parce que je voulais quand même lui donner ce dont elle avait besoin, je commençai de nouveau à lui donner la fessée.

Fort.

Elle arqua le dos, relevant son postérieur, écartant les jambes.

J'aurais dû la faire souffrir. Lui faire endurer la frustration sexuelle que je ressentais. Mais je n'avais pas le cœur à la torturer. Je la fessai fort et régulièrement, lui assenant une douzaine de coups, puis la frappai sur son intimité. Une fois.

Deux fois.

À la troisième, elle cria et eut un orgasme, ses fesses se serrèrent, ses jambes se tendirent alors que ses orteils pointaient tout droit.

Si je n'avais pas eu tellement mal, j'aurais souri parce que j'étais sérieusement fier d'être l'homme qui la faisait jouir, même quand elle prétendait qu'elle n'en avait pas envie. Mais ma testostérone faisait rage, la violence de mon excitation me déchirait. Je lui arrachai sa petite culotte, baissée sur les jambes, puis empoignai ses cheveux et les utilisai pour lui relever la tête alors que je me penchais sur elle.

— Ai-je dit que tu pouvais jouir, Alessia ?

Son visage était magnifiquement rougi, ses yeux perdus dans le vague et vitreux. Il lui fallut un instant pour comprendre mes paroles, pour que son regard trouve mon visage.

— Non, chuchota-t-elle de ses lèvres pulpeuses.

— Non. *Nyet*. En effet, confirmai-je en lui montrant la petite culotte. Tu viens de perdre tes privilèges de petite culotte aussi.

Je la laissai tomber, tendis la main et frappai de nouveau son postérieur.

— Bientôt, cette chatte m'appartiendra. Je suis le seul qui ait le droit de la toucher, à moins que je ne te donne la permission de te caresser. Tes orgasmes m'appartiennent, à moi seul. Si tu veux jouir, tu apprendras à supplier, à genoux avec ma queue dans ta gorge. Est-ce clair ?

J'étais allé bien trop loin, mais je ne semblais pas pouvoir baisser d'un cran. Mon désir et ma frustration se mélangeaient en une fureur puissante.

Sa gorge remua pendant un instant, puis elle cracha :

— Va te faire.

Mes lèvres s'étirèrent en un sourire sauvage.

— Volontiers, *printsessa*. Je te garderai éveillée toute la nuit pour ça.

Elle pâlit et je repris un peu mes esprits. Je lâchai ses cheveux, lui frottai le crâne pour apaiser la piqûre.

— La prochaine fois que tu jouiras sans permission, tu sentiras ma ceinture sur ce charmant derrière, l'avertis-je.

Je la lâchai complètement et elle cacha son visage entre ses bras avec un sanglot.

Je me redressai et baissai les yeux sur l'image parfaite qu'elle présentait sur mon lit. Je frictionnai son postérieur rougi, ne sachant pas pourquoi elle faisait ressortir une telle tendresse chez moi. Peut-être que ce n'était pas de la tendresse mais le besoin de montrer que je la possédais, de prouver que j'avais le contrôle.

Dans tous les cas, je caressai sa chair réchauffée en lents mouvements circulaires jusqu'à ce qu'elle se détende. Puis je la remontai complètement sur le lit et rabattis le coin de la couette sur son corps nu.

7

Alessia

Jᴇ ᴍ'ᴇꜰꜰᴏʀçᴀɪ d'arrêter le tremblement de mes membres alors que nous embarquions dans l'avion. J'avais eu pour plan – mon dernier espoir – d'alerter n'importe qui que j'étais prisonnière.

Mais il n'y avait personne. Il faisait nuit, nous étions sur un vol privé et, clairement, chacun des hommes présents travaillait pour Vlad.

Il n'y avait personne à appeler en criant, personne pour m'aider.

Vlad avait une prise d'acier sur mon bras, il me fit monter rapidement dans l'avion et me poussa dans un siège. Je remarquai qu'il protégeait un peu son côté blessé, ce qu'il n'avait pas volé.

Je n'arrivais vraiment pas à comprendre comment un Russe et un gamin de douze ans pouvaient éviter le très large filet de la famille criminelle Tacone.

Comment cela pouvait-il vraiment arriver ? Moi, qui allai en Russie pour soi-disant épouser l'ennemi.

— Tu trembles, observa Vlad alors qu'il m'attachait au siège.

— Je ne veux pas aller en Russie.

— Dommage, répondit-il immédiatement. Tu y vas.

— Et tu es un imbécile, marmonnai-je.

C'était puéril, mais que pouvais-je faire d'autre ? L'insulter était ma seule option alors que j'étais attachée à un siège dans un jet privé, entourée par des hommes à l'air dangereux.

Sans ma petite culotte.

Ouais, il m'avait remis ma robe, mais il avait refusé de me laisser porter une petite culotte. Il disait que j'étais toujours sous restriction.

Je sais : tu parles d'une affaire. J'avais de plus gros problèmes que d'avoir les fesses à l'air sous ma robe, mais ça me perturbait.

Ça me rendait brûlante, excitée et vulnérable. Me faisait bien trop penser aux fessées qu'il m'avait données plus tôt.

Aux orgasmes.

Vlad représentait tout ce qui était sombre, pervers et dominant, dont je n'avais jamais rêvé mais que j'avais toujours dû désirer, parce qu'il me mettait sens dessus dessous. À chaque interaction avec lui, j'en ressortais changée.

Il s'accroupit près de moi et testa ma glycémie. Normalement, avec un régime contrôlé et des injections régulières, je ne la vérifiai qu'une fois le matin et une fois dans la soirée.

Mais il avait raison de vérifier. L'adrénaline qui me faisait trembler avait détraqué ma glycémie. Il remplit une aiguille d'insuline comme s'il avait fait ça toute sa vie.

Je tressaillis quand il s'apprêta à relever ma robe. Je ne portais pas de petite culotte et Mika était assis à quelques pas. Il s'arrêta et se déplaça pour me faire une injection sur le haut du bras à la place.

Voilà une des raisons pour lesquelles il me mettait sens dessus dessous. C'était un enfoiré de première classe, c'était sûr. Un criminel qui m'éloignait de tout ce que j'avais jamais connu et aimé. Il demandait une rançon pour moi. Non, pas une rançon, il disait qu'il me gardait. Mais malgré tout ça, il était également prévenant. Conscient de mes réactions et de mes besoins. Il grondait et me menaçait peut-être. Il jouait peut-être les méchants, mais il avait fait un détour spécialement pour aller me chercher le café que j'aimais. Et il s'était arrêté quand j'avais dit non.

Il le fallait… pourtant, il était impossible que je supplie. Impossible.

Ce qui ne signifiait pas que mon corps ne s'était pas complètement révolté quand il s'était arrêté. J'avais été à deux doigts de l'orgasme.

Et je n'arrivais pas à croire que j'avais joui quand même. Rien qu'en recevant une fessée.

C'était ce que je voulais dire par « me mettre sens dessus dessous ». Aucun gars ne m'avait jamais donné la fessée. Je ne savais pas à quel point ça m'excitait. Je n'étais pas au courant du désir qui bouillonnerait, grésillerait et déborderait de moi comme de la lave se déversant sur le flanc d'un volcan.

Vlad frotta le point d'injection quand il eut terminé, puis s'assit à côté de moi pour le décollage.

De l'autre côté de l'allée, Mika semblait pâle, ses grands yeux marron hantés. Il agrippait les accoudoirs de son siège.

Je levai le menton vers lui.

— A-t-il peur de prendre l'avion ?

Vlad sortit une orange de son sac et commença à l'éplucher tout en l'étudiant.

— Je ne sais pas, murmura-t-il. Peut-être que la Russie lui rappelle de mauvais souvenirs.

— Pires que l'Amérique ? demandai-je d'un ton laconique.

Le pauvre gamin avait été abandonné ici par sa propre mère.

Vlad me donna un quartier d'orange à manger.

— Oui.

Il y avait tellement de choses dans cet unique mot ! Étrangement, j'entendis une vie de douleur, à la fois pour Vlad et Mika. Ou peut-être que je laissais simplement libre cours à mon imagination.

— Il se peut qu'il s'inquiète de son avenir là-bas, réfléchit Vlad.

Je me tendis légèrement, inquiète aussi.

— Tu vas le garder, n'est-ce pas ? Prendre soin de lui.

Quelque chose dans la posture du jeune garçon m'annonça qu'il écoutait peut-être. Ses épaules se raidirent et il s'immobilisa complètement.

Vlad prit un instant pour répondre, ce qui ne fit qu'aggraver la tension.

— Si je survis à ça, oui.

— À ça quoi ?

Ma voix était tranchante. L'urgence d'assurer l'avenir de ce jeune garçon semblait accablante.

Il essaya de me donner un autre quartier d'orange, mais je détournai la tête.

— À tes tentatives d'évasion.

Je ricanai, parce que nous savions tous les deux que mon agression avait été vraiment pathétique. Et il était absolument impossible qu'il ait peur que je le tue vraiment.

Il haussa les épaules.

— À tes frères, se corrigea-t-il.

Un frisson glacé me parcourut la peau, parce qu'il avait raison de les craindre. Ils le tueraient s'ils l'attrapaient. Je n'en avais aucun doute.

Je détournai les yeux, regardant par le hublot de l'avion les lumières de Las Vegas qui étincelaient en dessous. Mes frères étaient là en ce moment. En train de me chercher. Faisant jouer toutes leurs relations pour essayer de me retrouver.

Et j'étais juste au-dessus. Si proche, mais hors de portée.

Bientôt, je serai trop loin de leur influence. Bientôt, je serais dans un pays dont je ne parlais pas la langue et où je n'avais pas un seul ami.

Je regardai Mika.

Peut-être qu'il ressentait la même chose, la barrière de la langue en moins.

Vlad me donna un autre quartier d'orange, puis se pencha et en sortit une autre de sa sacoche en cuir.

— Mika, appela-t-il.

Celui-ci se tourna et Vlad souleva l'orange.

Mika secoua la tête.

— Mange-la, dit Vlad fermement avant de la lancer au jeune garçon, qui l'attrapa d'une main. Tu as besoin de vitamines.

Un sourire apparut brièvement au coin de la bouche de Mika avant de disparaître aussitôt. Il pencha la tête sur l'orange et l'éplucha, et Vlad et moi nous renfonçâmes dans nos sièges avec satisfaction.

Après que nous eûmes pris de l'altitude, Vlad me détacha et me montra comment convertir le siège en lit en l'inclinant complètement. J'allai voir Mika et l'aidai avec le sien pendant que Vlad sortait des oreillers et des couvertures.

— Tu as besoin de quoi que ce soit ? D'un en-cas ? De quelque chose à boire ? me demanda Vlad.

— Es-tu notre steward ?

Je n'aurais pas dû le taquiner quand il était gentil.

Ça ne sembla pas le déranger. Il me tapa légèrement sur le postérieur.

— Tais-toi et dors. Sois gentille, sinon je t'attacherai au lit.

— Tu ne vas pas dormir ? demandai-je.

Il n'avait pas encore converti son siège en lit.

Il haussa les épaules.

J'attendis une réponse plus fournie mais elle ne vint pas.

D'accord, donc ce gars ne dormait pas.

Probablement malin étant donné que j'avais essayé de le tuer ce jour-là.

Je m'assis au bord du lit. J'étais épuisée mais pas somnolente. Trop d'adrénaline. Trop d'inquiétude.

— Qu'y a-t-il à boire ? demandai-je nonchalamment.

Vlad me regarda depuis le fauteuil en cuir près de mon lit.

— Qu'est-ce que tu veux ?

Il se leva, ses mouvements étaient souples et gracieux, comme ceux d'une panthère. Je me levai et le suivis, heureuse de marcher sur mes deux pieds, pour changer. D'être détachée et libre de me déplacer.

Dans la minuscule cuisine en couloir, il y avait un réfrigérateur approvisionné avec toutes sortes de boissons haut de gamme.

Vlad l'ouvrit et en sortit une bouteille de chardonnay.

— Tu bois du vin ?

Ça n'aurait pas dû faire palpiter mon cœur. Nous n'étions pas à un rendez-vous.

Le vin me tentait bien à ce moment-là, mais je ne pensais pas que mes reins pourraient le supporter.

— De l'eau gazeuse, répondis-je.

Il versa de l'eau et me tendit mon verre, puis ouvrit un tiroir et en sortit un tire-bouchon de sommelier. Après avoir ouvert la bouteille et s'être servi un verre, il me regarda et rangea le couteau.

— Tu penses que je vais l'utiliser sur toi ?

Cristo. Est-ce que je flirtais ?

— Je sais que tu y penses.

Son ton était léger, comme si les gens qui l'entouraient envisageaient souvent de le tuer et que ça ne le décontenançait pas le moins du monde.

Je me tournai pour passer à côté de lui et sortir de la minuscule cuisine, mais il se déplaça pour m'en empêcher. Il me poussa contre le mur. Ses côtes immobilisaient ma poitrine, une de ses cuisses se pressait entre mes jambes. Il tenait son verre de vin près de mon oreille et pencha la tête vers la mienne.

Je hoquetai, mon pouls s'emballa et la chaleur envahit mon corps.

— Tu devrais savoir, dit-il avec son accent marqué, que j'ai du mal à ne pas te toucher. En sachant que ta petite culotte est dans ma poche.

Un minuscule geignement s'échappa de mes lèvres.

— P-peut-être que tu devrais me la rendre, alors, dis-je.

Ma voix était voilée et aiguë.

Son érection gonflait contre mon ventre. Involontairement, je me pressai contre sa cuisse et le contact me fit mouiller.

— Demain, promit-il. Si tu me montres que tu peux être une gentille fille sur ce vol. Alors je n'aurai plus à te garder attachée.

Je le fixai du regard.

— Et si tu ne me gardais pas du tout ?

Il recula doucement, ce qui était à la fois une déception et un soulagement.

— Désolé, *printsessa*. La liberté n'est pas au programme pour toi. Tu es à moi maintenant.

Mon nez me piqua et je pris une inspiration pour cacher l'afflux de larmes qui menaçait, mais mes yeux se remplirent avant que je ne puisse les détourner.

Les sourcils de Vlad se froncèrent et il prit gentiment mon visage. Il me caressa la joue avec son pouce.

— Pas pour toujours, *zaika*.

— Combien de temps ? demandai-je d'une voix étranglée.

Il me regarda fixement et j'eus la nette impression qu'il inventait tout au fur et à mesure. Il n'y avait pas de plan. C'était à la fois encourageant et effrayant. D'un autre côté, ça signifiait qu'il était adaptable. Versatile. Je pouvais l'influencer.

Peut-être changer mon futur.

— Jusqu'à ce que je me fatigue de toi, dit-il en laissant tomber sa main.

Il recula pour que je puisse passer.

Alors que j'avançais devant lui, j'étais extrêmement consciente de chaque pas. De l'humidité entre mes jambes. Du fait que son regard était probablement fixé sur mes fesses. Je marchai vers la rangée de sièges devant mon lit et m'assis sur celui près du hublot.

Vlad resta en retrait, attrapant la bouteille de vin d'une main et son verre de l'autre alors qu'il me suivait, me regardant avec les paupières mi-closes.

Je donnai un petit coup sur le siège près de moi.

— Tu ne t'assois pas ?

Je n'avais pas réussi à me libérer avant que nous partions pour la Russie. Désormais, ma meilleure option était Vlad. Être gentille. Me faire apprécier de lui. Supplier pour ma liberté.

Il avait déjà reconnu que je l'aurais, au final.

C'était mon boulot de m'assurer que cela arrive tôt plutôt que tard.

≈

Vlad

ELLE ÉTAIT DANGEREUSE.

Je savais ce qu'elle manigançait. Elle essayait de me mener par le bout du nez.

Et elle y excellait.

Je connaissais ce piège. C'était celui que toutes les femmes actionnaient. Elles utilisaient leur beauté, leur sex-appeal. Elles tissaient une toile pour vous prendre au piège puis coinçaient vos bijoux de famille dans un étau.

C'était comme ça que la mère de Mika était arrivée en Amérique. Comme ça que ma mère s'était attiré les faveurs de Victor. Comme ça que Sabina avait failli me faire tuer.

Et pourtant, il était impossible pour moi de refuser. J'étais déjà dépendant de sa proximité, et d'autant plus si elle était gentille.

Je m'assis près d'elle et la regardai boire son eau gazeuse. J'aurais juré qu'elle aurait préféré du vin, mais peut-être qu'elle ne pouvait pas avec le diabète. J'allai chercher la bouteille d'eau gazeuse et remplis de nouveau son verre, elle me remercia d'un murmure et prit une autre gorgée.

Je la regardai, fasciné comme toujours par sa beauté. Son aplomb.

Elle regarda par le hublot, même s'il n'y avait rien à voir en dehors d'un noir d'encre.

— Où allons-nous déjà ? Volgograd ?

— Oui.

Je ne développai pas. Ça m'amusait de la regarder faire le boulot.

— C'est une grande ville ?

— Petite. Un million d'habitants. Bon endroit pour vivre.

— Parle-m'en.

Voilà. Un ordre simple. Auquel j'aurais dû résister, juste pour l'arrêter, mais je ne pouvais pas. Pas quand elle fixait ses grands yeux marron sur moi et se penchait légèrement en avant, les lèvres entrouvertes, à attendre.

Je sirotai mon vin.

— Volgograd était autrefois Stalingrad. Avant ça, Tsaritsyn. C'est dans le sud-ouest de la Russie, sur la rive de la Volga. C'est magnifique en été. Ça te plaira.

C'était stupide. Je ne savais pas pourquoi je pensais que je devais la convaincre, mais je me rendis compte que je voulais vraiment qu'elle apprécie ma ville.

Elle détourna les yeux, lui rappeler que cela allait être son foyer l'avait probablement blessée.

— Tu as de la place pour Mika, là-bas ?

Et elle recommençait avec son inquiétude pour Mika. Si elle posait la question, elle devait penser que j'avais un petit logement, comme celui à Las Vegas. Cela m'amusait de penser qu'elle risquait d'être surprise par ma propriété.

— Oui, Alessia, dis-je doucement. Il y a largement la place.

Elle remua les lèvres, comme si elle allait parler, puis elle changea d'avis. Elle réessaya :

— Qu'est-ce que… je vais faire là-bas ?

Je réfléchis.

— Que faisais-tu à Chicago ?

La lumière était faible, mais il me sembla qu'elle rougissait.

— Ma mère a subi une opération il y a quelques mois, alors je l'aide depuis que j'ai été diplômée en décembre.

Je ne pus m'empêcher de sourire.

— Tu n'as pas besoin de trouver une excuse pour ne pas travailler. Je savais que tu étais une princesse entretenue. Ce ne sera pas différent dans ma maison. Tes frères fourniront l'argent pour que tu gardes le style de vie auquel tu es habituée.

La douleur apparut sur son visage, mais elle la dissimula rapidement. Elle détourna les yeux.

Ça n'aurait pas dû me déranger. Quand on prenait une femme comme tribut, on ne pouvait pas s'attendre à ce qu'elle s'agenouille à nos pieds et nous remercie.

Quand elle tourna la tête, sa mâchoire était serrée, ses yeux pleins de défi.

— J'ai besoin du dico pour le russe.

Je faillis m'étouffer avec mon vin.

— Tu veux apprendre le russe ?

Elle hocha la tête, la détermination émanant d'elle.

C'était un choix sage. Si elle pouvait parler la langue, elle ne serait pas trop impuissante en Russie. Ce serait plus facile pour elle de s'échapper ou de trouver de l'aide. Mais c'était clairement un projet sur le long terme, et pas aisé. Je l'admirai sérieusement, ne serait-ce que de l'envisager.

— Bien sûr que tu pourras l'avoir. Tu auras tout ce dont tu as besoin, *zaika*.

— Tout sauf ma liberté ?

— *Da.*

Son menton trembla légèrement, mais elle se reprit, fixant les hublots noirs.

— Qu'as-tu étudié à l'université, Alessia ?

Maintenant c'était moi qui faisais la conversation.

Elle se retourna vers moi.

— L'éducation de la petite enfance.

J'arquai les sourcils, surpris. Je m'étais attendu à quelque chose de stupide, comme l'histoire de l'art ou la littérature anglaise. Un diplôme en arts libéraux difficilement exploitable.

— Tu veux enseigner ?

— Oui. J'adore les enfants.

Bien sûr. Je regardai Mika, maintenant endormi sur son lit. Pas étonnant qu'elle s'intéresse tellement à lui.

Savoir qu'elle avait ce côté humaniste, cette attention pour les enfants, remua quelque chose dans ma poitrine.

— Tu veux des enfants ?

Soudain, une image d'elle enceinte de mon enfant emplit mon imagination, faisant ressortir un côté protecteur et primitif d'homme des cavernes. Je n'avais jamais voulu d'enfants, mais l'idée de la mettre en cloque, de créer une famille avec elle me mit la tête à l'envers.

Mais elle tressaillit à mes paroles et détourna les yeux.

— Je ne peux pas.

Ma déception était aussi ridicule que l'idée d'avoir des enfants avec elle l'avait été. Mais peut-être que je ressentais simplement sa douleur. Elle était clairement et profondément blessée par cette incapacité.

— Pourquoi pas ?

Elle ne répondit pas.

— Le diabète ?

Elle fit un minuscule hochement de tête, mais elle détournait toujours son visage.

Oh, Alessia.

Sûrement que des gens avec du diabète avaient des enfants. Je pris note de faire des recherches, mais un frisson se faufila sous ma peau. Alessia devait avoir les meilleurs médecins qu'on pouvait s'offrir. Si elle croyait qu'elle ne pouvait pas avoir d'enfants, ce n'était pas sans raison.

Je n'aurais pas dû ressentir de douleur à ce sujet.

C'était aussi bien étant donné que notre mariage ne serait pas sur le long terme.

— Je suis désolé, marmonnai-je, et elle me lança un coup d'œil.

La vulnérabilité que j'aperçus sur son visage me déchira.

~

ALESSIA

MAUDIT VLAD. Mes yeux me brûlaient et étaient humides sous son regard compatissant, et je dus de nouveau détourner la tête.

J'aurais aimé qu'il ne soit pas aussi observateur.

Je n'avais parlé à personne de l'insuffisance rénale de stade 3. À aucun de mes frères, et surtout pas à ma mère. Alors je n'avais pas eu à faire face à cet instant avant, la révélation de la plus grande déception de ma vie.

Ayant désespérément besoin de changer de sujet, je me retournai vers Vlad et pris une inspiration.

— Et toi, Vlad ? Quel est ton travail en Russie ?

— Je suis *derzhatel obshchaka*. Comptable pour la *bratva*. Je suis le gars qui s'occupe de l'argent. Je déplace l'argent, blanchis l'argent. Cache l'argent. J'avais pris contact avec ton frère, pas pour causer des problèmes, mais pour offrir une solution. Blanchir son argent aussi. Mais ma mère est morte à Moscou. J'ai dû retourner en Russie, et Ivan, mon idiot de compatriote, a décidé que tuer ta famille était une meilleure option.

Je clignai des yeux, surprise par cette information. J'aurais préféré ne pas trouver Vlad si sympathique. Savoir qu'il n'était pas un dealer de drogue, un trafiquant sexuel ni un tueur à gages, mais davantage un malfrat en col blanc, ne lui nuisait pas. Savoir qu'il avait une mère – avait eu une mère – le rendait d'autant plus réel. Normal. Humain.

— Toutes mes condoléances, dis-je.

Quelque chose de féroce apparut à vif sur son visage. Un chagrin inexprimé. J'avais la sensation qu'on ne lui avait pas présenté de condoléances. Ou que la perte était encore trop fraîche. Ou qu'il y avait des problèmes non résolus. Il baissa la tête et resta dans cette attitude.

— Ma mère... *da*. Je n'arrive toujours pas à croire qu'elle n'est plus là. C'est étrange de retourner là-bas et de savoir qu'elle n'y sera pas.

Je tendis la main et lui touchai le bras. Il leva les yeux, stupéfait. Comme si je l'avais marqué.

Mais ses lèvres se tordirent en une ligne amère.

— Ne te sens pas triste pour moi. Elle ne devrait pas me manquer. C'était une garce manipulatrice, comme toutes les femmes dans ma vie.

Je retirai ma main avec un mouvement de recul. Parce que je sentais qu'il m'intégrait dans cette catégorie, moi aussi.

Je sus que j'avais raison quand il plissa les yeux à mon adresse.

— Tu peux arrêter ton petit jeu à essayer de gagner ma sympathie. Couche-toi sur ton lit. Dors. Demain sera le jour de ton mariage.

Mon estomac se souleva et j'eus soudain la nausée. Je bondis sur mes pieds et carrai les épaules, avalant le reste de mon verre d'une traite.

— Où est ma brosse à dents ? demandai-je comme la gamine gâtée qu'il semblait penser que j'étais.

Je m'attendais complètement à ce qu'il me dise d'aller me faire voir, mais il tendit la main vers sa sacoche et sortit une brosse à dents et un dentifrice de voyage dans une petite pochette en plastique. Toujours à prendre soin de moi.

Ça n'aurait pas dû me plaire. Je n'aurais dû rechercher aucune sorte d'attention de l'homme qui m'avait capturée et voulait me forcer à l'épouser.

J'attrapai le sac dans sa main et m'éloignai vers la salle de bains, m'efforçant de stabiliser ma respiration et mes nerfs.

Il ne gagnerait pas à ce petit jeu. Tôt ou tard, je m'échapperais. Mes frères me retrouveraient.

Et ce serait lui qui se retrouverait à genoux pour me supplier d'avoir pitié de lui.

8

Alessia

Nous atterrîmes l'après-midi suivant après un vol de seize heures. J'avais passé la matinée à jouer aux cartes avec Mika et à ignorer Vlad.

J'étais à cran alors que nous descendions de l'avion et qu'une nuée d'hommes tatoués en costumes avec des flingues nous encadraient et nous menaient à une limousine.

Si Vlad semblait être un homme solitaire aux États-Unis, il était clair qu'il avait énormément de contacts dans son pays natal. Je regardai par les vitres teintées, les mains moites et l'estomac noué.

— Il est normal pour une future mariée d'être nerveuse le jour de son mariage, observa Vlad.

Je lui lançai mon meilleur regard noir.

— Va te faire voir.

Mika s'immobilisa, la tête penchée sur sa tablette, comme toujours, mais clairement en train d'écouter. Était-il inquiet pour mon bien-être maintenant que nous étions amis ? Je me demandais si je pourrais le convaincre de m'aider.

D'un autre côté, je n'étais pas sûre d'être prête à le mettre dans une position où il trahirait la seule figure parentale qu'il avait au monde en ce moment.

Mais Vlad émit seulement un petit rire. Il ne semblait pas être colérique, en tout cas pas avec moi.

La limousine s'arrêta devant une église et la pierre se trouvant dans mon estomac s'enfonça encore d'un cran. Nous le faisions vraiment.

— Tu crois que pour toi un prêtre va célébrer un mariage avec une mariée dans une robe dos nu rose ? lui demandai-je.

J'en avais tellement marre de cette robe maintenant que j'aurais aimé la mettre dans un broyeur. Et Vlad ne m'avait pas rendu ma petite culotte non plus.

Vlad sourit d'un air narquois.

— J'ai une robe blanche pour toi. Et une femme pour t'aider à t'habiller. Tout ce que tu auras à faire, c'est de t'avancer vers l'autel.

Je plissai les yeux.

— Je te déteste.

— Comme il se doit entre mari et femme.

Il sortit de la voiture et me tendit une main. Je secouai la tête, mais ne me donnai pas la peine de commenter son opinion minable de l'amour, des femmes ou du mariage. Ma robe remonta alors que je me déplaçais et ses yeux bleus s'assombrirent, suivant la couture sur ma cuisse. Je me débarrassai de sa main et tirai sur ma robe.

L'église était vide. Au moins, je n'allais pas me marier devant une foule de personnes que je ne connaissais pas. Vlad me laissa dans une petite pièce où une vieille dame attendait. Elle s'avança rapidement vers moi, parlant en russe.

— Cinq minutes, me précisa Vlad, puis il dit quelque chose en russe à la vieille dame.

Lorsqu'il s'en alla, il pointa un doigt menaçant vers moi :

— Essaie de t'échapper et elle sera punie pour ça.

Il inclina la tête vers la vieille dame.

J'en restai bouche bée, mon cœur battant plus vite.

C'est du bluff, me dis-je alors qu'il fermait la porte. Il ne ferait pas plus de mal à une vieille dame qu'il ne m'en ferait à moi. Ou à Mika. C'était simplement qu'il m'avait cernée, maintenant. Il avait compris que j'avais de la compassion pour les gens qui m'entouraient et il me manipulait.

Malgré tout, j'étais réticente à le mettre au pied du mur. Je ne souhaitais certainement pas qu'une vieille femme soit confrontée à sa colère.

Elle affichait une expression austère et bavardait dans ma direction en russe, soulevant un bustier blanc et une petite culotte avant de me pousser dans les toilettes.

Déduisant qu'elle voulait que je mette mes sous-vête-ments en privé, j'allai dans le cabinet et retirai la robe dos nu. Je m'étais douchée dans la minuscule salle de bains du jet le matin, mais c'était très agréable d'enfiler des sous-vêtements propres. Le bustier et la petite culotte m'allaient parfaitement. Comment Vlad avait-il su ? Il n'avait même pas de soutien-gorge sur lequel se baser.

Je sortis de la salle de bains. La vieille dame souleva une robe de mariée. En matière de robe de mariée, ce n'était pas si mal. Ça aurait vraiment pu être pire. Elle était sans bretelle avec un corsage simple en satin. Une bande du même tissu ornait le haut et se terminait par un nœud plat à l'arrière. La robe était ajustée jusqu'aux hanches puis s'évasait jusqu'aux chevilles, l'ourlet tombant plus haut à l'avant qu'à l'arrière.

Ma gardienne âgée me fourra un bouquet avec une cascade de roses de couleur rose pâle dans les mains, puis s'accroupit à mes pieds, organisant plusieurs boîtes à chaussures près d'elle. Elle dit quelque chose en russe et leva une paire de sandales à lanières argentées.

Je plissai le nez.

— Je n'en raffole pas, si c'est ce que vous me demandez.

Elle hocha la tête et dit quelque chose d'autre, déballant une paire simple d'escarpins en satin blanc.

Je regardai la troisième boîte.

— Qu'avez-vous d'autre là-dedans ?

Elle l'ouvrit. Des sandales à lanières en satin blanc.

Je pointai les escarpins du doigt.

— Plutôt celles-ci. Essayons-les.

Elle comprit l'idée générale et m'aida à mettre les chaussures. Elles étaient bien. Rien de fou, mais elles m'allaient. Dès que je les eus enfilées, elle m'entraîna dehors, vers la chapelle.

Le nœud dans mon estomac remonta vers mon plexus solaire, rendant ma respiration difficile. Je transpirais et j'étais glacée en même temps. Quelques jours auparavant, j'étais au double mariage de mes frères, à me lamenter que je n'aurais jamais un mariage d'amour comme eux. Malgré tout, je n'aurais jamais imaginé que mon mariage ressemblerait à ça. Que je serais une jeune épouse captive dans un pays étranger.

Ça n'a pas d'importance. Ce n'est pas réel.

C'était ce que je ne cessais de me répéter, mais la partie sentimentale de mon être n'y croyait pas. C'était un mariage. Un mariage à l'église devant Dieu et un prêtre russe orthodoxe, qui ne pouvait pas être très différent d'un prêtre catholique.

Personne ne jouait *La Marche nuptiale* pour que je m'avance dans l'allée. Il n'y avait pas du tout de musique. Pas d'invités non plus, à moins qu'on ne compte Mika et la horde de gars de la sécurité de Vlad.

— Quoi, pas de smoking ? demandai-je quand il me retrouva à l'arrière de l'église.

Il m'ignora, prenant mon coude au lieu de m'offrir le sien.

— Où est mon voile ? Sérieusement, je ne vais pas me marier sans tiare. Je croyais que j'étais ta *printsessa* ou je ne sais quoi.

Les lèvres de Vlad tressaillirent, mais il ne me regarda pas.

— Tu n'as pas besoin de tiare, tu as déjà un halo brillant.

Son accent était devenu plus marqué depuis que nous étions arrivés en Russie.

J'eus un petit rire.

Je n'arrivais pas à croire que je m'avançais vers l'autel en plaisantant avec mon ravisseur de futur mari.

Il s'arrêta devant le prêtre, qui nous fit le signe de croix et psalmodia en russe.

Il parla. Parla encore un peu.

Puis, apparemment, les vœux. Le prêtre me regarda.

— *Nyet*, dis-je fermement.

Le prêtre m'ignora et continua la cérémonie. En tout cas, c'était ce que je pensais qu'il se passait, mais je ne pouvais pas en être sûre parce que tout était en russe.

Alors que je me tenais là, tremblant près de l'homme qui était apparemment en train de m'épouser, je fus frappée par l'idée que j'étais complètement fichue. Sans parler la langue, être dans un pays étranger était un énorme désavantage. Surtout quand on considérait tous les contacts que Vlad semblait avoir.

Le prêtre dit quelque chose d'autre et Vlad prit l'arrière de ma tête et m'attira pour un rapide baiser sur les lèvres. Tout cela se passa si vite que je n'eus pas l'occasion de lutter, puis ce fut terminé.

Bon sang.

J'étais mariée.

Un sanglot me fit hoqueter.

Vlad me prit dans ses bras et me porta hors de l'église alors que je prenais des respirations saccadées. Aucune larme ne vint. Rien que des sanglots erratiques, brusques et incontrôlés. Du genre qui donnait l'impression qu'une femme en train de se noyer cherchait à reprendre sa respiration.

Mika marchait à côté de nous en me lançant des coups d'œil inquiets. Vlad s'avança rapidement vers la limousine. Un de ses hommes lui ouvrit la portière. Au lieu de me déposer à l'intérieur, il s'assit sur le siège et fit pivoter ses jambes à l'intérieur, me gardant dans ses bras.

Mika se glissa en face de nous, les sourcils froncés, la tête basse.

Vlad aboya quelque chose en russe au chauffeur et la limousine démarra alors que je continuais à lutter pour retrouver ma respiration. Mon faux mari me tenait sur ses genoux et caressait mes bras nus d'un toucher léger comme une plume. Ses sourcils étaient froncés, comme ceux de Mika, et il ne me regardait pas.

Je regardais défiler le paysage par la vitre, hoquetant, sentant ma dernière parcelle d'espoir disparaître.

Vlad

. . .

J'AURAIS AIMÉ RÉCONFORTER mon épouse, mais il n'y avait rien à dire. J'étais la cause de sa détresse et ce qui était fait était fait.

Malgré tout, cela me dérangeait plus que j'aurais voulu l'admettre de la sentir trembler dans mes bras. De la voir craquer.

— Est-ce que tu la laisseras partir ? marmonna Mika en russe, si discrètement que je l'entendis à peine.

Il ne me regarda pas lorsqu'il me le demanda.

— Oui. Un jour, lui répondis-je, également en russe.

Il tourna son regard méfiant vers moi et hocha la tête avant de regarder par la vitre.

— Je ne lui ferai pas de mal, et je ne la forcerai pas pour le sexe.

C'était une conversation extrêmement gênante à avoir avec un garçon de douze ans, mais je sentais que je devais le lui dire. Je ne savais pas ce que le gamin avait vu. Sa mère était une prostituée. Je ne savais pas comment Aleksi ou les autres clients la traitaient. Mika pouvait être traumatisé par des choses qu'on lui avait faites.

Pire, il pouvait être devenu insensible au concept de consentement, à la manière dont une femme devait être traitée. Et je donnais un sale exemple. Alors j'avais besoin qu'il le sache.

Il ne répondit pas, ce qui m'allait. Je le regardais jusqu'à ce qu'il me lance un autre coup d'œil.

— Ne force jamais une femme à coucher avec toi, Mika. C'est mal.

L'incertitude et la douleur apparurent dans ses yeux, et je fus content d'avoir persisté. Il était traumatisé.

— Tu es d'accord ? insistai-je.

Il hocha rapidement la tête.

— *Da.*

— Bien.

Je lâchai son regard. Je caressai toujours les bras d'Alessia. Elle s'était calmée maintenant, même si je détectais toujours un tremblement dans ses membres.

— Ma maison vous plaira, leur dis-je en anglais à tous les deux. C'est très confortable.

Aucun des deux ne répondit.

La limousine s'arrêta devant ma maison de campagne tentaculaire sur la rive de la Volga au coucher du soleil. Des nuages teintés de rose formaient une toile de fond époustouflante autour de l'imposante demeure.

C'était étrange d'être de retour. J'étais parti depuis treize mois, maintenant. Banni en Amérique parce qu'une femme sournoise m'avait piégé pour me mettre dans son lit.

Les domestiques savaient que j'arrivais. Ma gouvernante, Zoya – la domestique qui s'était occupée d'Alessia à l'église – se tenait dehors avec son mari, Yegor. Mes hommes s'alignèrent à l'extérieur pour nous saluer également.

Le chauffeur ouvrit ma portière et je soulevai Alessia pour la mettre sur ses pieds et la suivre. Mika sortit et absorba tout, sans rien paraître.

— C'est joli, concéda Alessia.

Son regard parcourut mon énorme demeure et les terres clôturées qui l'entouraient.

Elle pointa du doigt le bosquet d'arbres.

— C'est le fleuve ?

— *Da.*

Je souris. Elle aurait pu si facilement être une garce en cet instant. Décider de tout détester, ne me montrer que sa colère. Mais elle ne le fit pas. Ses premiers mots avaient été « c'est joli ».

Elle était gentille.

Tellement plus douce que je ne l'avais imaginé.

La culpabilité de l'avoir arrachée à sa vie luttait à parts égales avec le désir de la garder… pour toujours.

Je récompensais sa douceur avec la courtoisie dont je n'avais pas fait preuve à l'église.

— Alessia, tu as déjà rencontré Zoya, ma gouvernante. Elle ne parle pas anglais, mais elle s'occupera de tous tes besoins. Je te trouverai un traducteur jusqu'à ce que tu apprennes avec ton dico.

Alessia tendit une main et Zoya la prit avec réticence et s'inclina au-dessus.

— Son mari, Yegor. C'est le gardien de la propriété.

Yegor s'inclina.

En russe, je présentai Mika à mon personnel. Je les avais déjà informés pour ma prisonnière, mais j'avais oublié de mentionner mon nouveau pupille.

Zoya le regarda de travers, comme si elle avait peur qu'il mette ma maison en désordre, mais bien sûr, elle ne dit rien.

— Venez, tous les deux. Je vais vous faire visiter.

Je leur fis faire le tour de la maison. J'avais déjà donné l'instruction à mon personnel de retirer tout accès aux téléphones ou à internet, et mes hommes encercleraient toutes les sorties pour empêcher Alessia de partir. Ainsi, elle pourrait être libre de se déplacer dans la demeure.

— Ce sera ta chambre, Mika.

J'ouvris la porte vers une des suites d'invités.

Il s'approcha et s'assit sur le lit, rebondissant dessus. Puis il me regarda de ses yeux gris-bleu inquisiteurs.

— Pendant combien de temps ?

Je haussai les épaules.

— Nous verrons.

Je n'étais pas du genre à faire des projets ou des

promesses. Je ne savais pas comment cette affaire avec Alessia allait tourner. Ou même si je voudrais rester en Russie. Je n'avais pas particulièrement envie de retourner à mon ancienne vie ici.

Mais ce n'était pas la chose à dire.

Alessia me lança un regard noir, pinçant les lèvres.

Je fronçai les sourcils à son adresse, puis soupirai et essayai d'arranger ça.

— Tu peux rester ici aussi longtemps que tu veux, Mika. C'est chez toi.

Apparemment, ce n'était toujours pas la bonne réponse, parce qu'Alessia secoua la tête.

Je lui fis le geste signifiant « quoi ? » et elle la secoua plus fort.

Je lançai à Mika la télécommande de la télévision qui était dans sa chambre.

— Fais-toi plaisir. Ou va explorer. Comme tu veux.

J'agitai la main.

À l'extérieur de la chambre, Alessia me tira dans le couloir, loin de la chambre, mais s'en prit immédiatement à moi.

— Mika a besoin de stabilité. Ne lui dis pas qu'il *peut* rester. Ce n'est pas un invité. Dis-lui qu'il va rester avec toi, que ce soit ici ou ailleurs. Qu'il fait partie de ta vie et que tu vas t'occuper de lui.

Elle freina des quatre fers et nous nous arrêtâmes.

— Tu vas t'occuper de lui, n'est-ce pas ?

Je soupirai.

Ce n'était pas un engagement que j'étais prêt à prendre. J'étais devenu responsable de ce gamin par défaut, pas par choix.

— Écoute, je ne cherchais pas à devenir père. Tu sais que je ne suis vraiment pas convenable. J'ai impliqué ce gamin dans des crimes sérieux. Je l'ai empêché d'avoir une éducation correcte.

— Il a simplement besoin que quelqu'un prenne soin de lui. Il cherche un lien. Jusqu'à ce que tu t'assures qu'il sait que tu t'y engages, il est peu probable qu'il ait une chance de devenir un être humain décent.

Je jurai en russe et passai les doigts dans mes cheveux.

— Je prends note de ton opinion, ronchonnai-je. Maintenant viens, chère épouse. Il est temps d'appeler pour ta dot.

ALESSIA

MA DOT.

— Tu vas appeler mon frère ? demandai-je alors que Vlad me menait dans une des suites principales.

— *Da.*

Il récupéra une tablette dans la sacoche en cuir qu'il avait toujours avec lui.

— Lequel ?

— J'appelle Junior. N'est-ce pas le chef de la Famille ?

Je haussai une épaule.

— Oui et non. Officiellement, oui. Mais Nico détient le pouvoir financier.

— Oui, Nico. Il dirige le Bellissimo.

Des papillonnements frémirent dans mon ventre. Rien que de parler de mes frères me donnait l'impression qu'ils étaient plus proches. Plus capables de me retrouver et de me sauver.

— Puis-je leur parler ?

— Si tu es gentille. Je te mettrai sur vidéo pour qu'ils puissent aussi te voir. Mais pas d'entourloupe.

Il pointa un doigt sévère vers moi.

Je baissai les yeux vers la robe de mariée. Ils me verraient le jour de mon mariage. Mes yeux me piquèrent. Mariée à un criminel. Ce n'était pas inattendu, je pensais simplement que cela aurait été eux qui l'auraient choisi.

Vlad s'appuya contre une commode et utilisa son téléphone, puis alluma la tablette.

Un instant plus tard, la tablette commença à sonner. Vlad eut un sourire narquois alors qu'il glissait un doigt sur l'écran.

— Junior. Tu te souviens de moi ?

— Vladimir.

Le ton de Junior était grave. Menaçant.

— J'ai quelque chose qui t'appartient. Quelqu'un, en fait.

Junior jura en italien. À l'arrière, j'entendis les voix de mes autres frères.

— S'il arrive quelque chose à Alessia, je t'arracherai la colonne vertébrale. Où est-elle ?

La voix de Junior tonna depuis la tablette.

Je me précipitai aux côtés de Vlad pour le voir. Je m'attendais à moitié à ce qu'il me tienne à distance, mais il n'en fit rien, il me laissa me pencher près de lui, emplissant l'écran de mon visage.

Le visage de Junior prit tout l'écran de l'autre côté, mais j'apercevais un peu Nico et Stefano derrière lui.

— Alessia, dis-moi où tu es, me demanda Junior rapidement

Il parla en italien… ingénieux.

— Volgograd ! criai-je.

Stupide, stupide, stupide.

Vlad m'arracha immédiatement la tablette, la tenant à bout de bras en mettant fin à l'appel.

— Non, sanglotai-je alors que la tablette s'éteignait. Attends… *s'il te plaît.* Je suis désolée.

Soudain, je me souciais moins d'être retrouvée que de voir simplement ma famille. De lui parler. De lui faire savoir que j'allais bien. J'avais vu les cernes sombres sous les yeux de Junior. Les rides plus marquées. Il aurait dû être en lune de miel en ce moment, pas dans tous ses états à cause de moi.

— Maintenant, tu perds des privilèges.

Vlad fit un pas menaçant vers moi. Son visage était dur. J'aurais juré qu'il était plus énervé contre moi maintenant qu'il ne l'avait été quand je l'avais poignardé.

— Laisse-moi leur parler. S'il te plaît. Ou juste les voir. Coupe le son de mon côté, je ne dirai pas un mot.

— *Nyet.*

— S'il te plaît. Pas d'italien. Pas d'entourloupe… je te le jure.

Des larmes roulèrent sur mes joues. Je ne pouvais pas les arrêter. J'avais soudain tellement le mal du pays ! J'étais tellement seule !

La tablette sonna de nouveau.

Vlad pointa le lit du doigt.

— Assieds-toi.

Je m'assis où il me dit, lui faisant de grands yeux de cocker. Les escarpins blancs tombèrent de mes pieds.

Vlad répondit à l'appel.

— Tu as peut-être remarqué la robe de mariée de ta sœur. Aujourd'hui, nous nous sommes mariés. Je suis vraiment ravi de faire cette alliance avec la mafia américaine, dit-il, comme s'il portait un toast à notre réception. Tu peux compter sur moi pour bien la traiter du moment que tu me vires les fonds nécessaires pour qu'elle conserve le style de vie auquel elle est habituée.

J'entendis un de mes frères jurer dans sa barbe en italien.

— Six millions. Un million pour chacun de mes hommes que tu as tué, à payer sur vingt-quatre mois. C'est un quart de million par mois. Je t'enverrai par texto les numéros de routage et de compte. Le premier paiement est attendu dans quatre heures.

Il regarda sa montre.

— Nous envoyons tout maintenant et Alessia rentre à la maison, gronda Junior.

— *Nyet*. C'est ma jeune épouse. Elle reste avec moi. Vingt-quatre mois. La manière dont elle sera traitée dépend de toi.

On entendit un autre juron en italien. Ça ressemblait à Stefano.

— Laisse-nous la voir.

C'était la voix de Nico maintenant.

— Nous devons savoir que tu ne lui as pas fait de mal.

Vlad me lança un coup d'œil, puis revint à l'écran.

— Si vous parlez italien, je coupe l'appel. Comment dites-vous... *Capiche* ?

— Compris, dit Stefano.

Je me redressai, m'essuyant les yeux alors que Vlad s'asseyait à côté de moi et tenait l'écran devant nous.

— Qu'est-ce que tu lui as fait ? explosa Junior en remarquant mes larmes.

Je secouai la tête.

— Il ne m'a pas fait de mal.

J'essuyai ce qui restait de mes larmes.

— Je suis juste un bébé. C'est bon de vous voir.

— Lessie, dit Stefano doucement, avec tellement de

compassion dans la voix que des larmes me montèrent de nouveau aux yeux.

— Ça va, reniflai-je. J'ai juste le mal du pays. Dites à maman que je vais bien. Et envoyez l'argent. Ça ira au jeune garçon que Junior a rendu orphelin quand il a tiré sur tous ces Russes.

Junior s'immobilisa.

Vlad prit la tablette et se leva.

— *Da.* Envoyez l'argent. Vous avez quatre heures.

Il termina l'appel vidéo et me regarda. Les traits de son visage prirent une expression de dureté. Il était irrité, peut-être même en colère, c'était difficile à dire. Même s'il avait été convenable avec moi, je percevais le danger qui émanait de lui : un potentiel tapi juste là, sous la surface.

J'agrippai le bord du lit des deux mains. Des papillons voletaient dans mon ventre.

Maintenant, tu perds des privilèges.

Lesquels ? Les privilèges vestimentaires ? Quelle serait ma punition ? Est-ce qu'il me déshabillerait et m'attacherait encore au lit ? Me donnerait la fessée ?

Le souvenir de la dernière fessée qu'il m'avait donnée, me tenant en place de son pouce contre mon anus, m'occupa l'esprit.

Mon intimité se resserra alors même que mes paumes transpiraient.

Mais tout ce qu'il dit alors qu'il allait vers la porte fut :

— Il est difficile de rester en colère contre toi.

Puis :

— Il y a des vêtements dans la commode. L'essentiel. Demain nous pourrons acheter ce dont tu as besoin.

Il ferma la porte et j'entendis une clé tourner dans la serrure.

Je me précipitai et appuyai sur la poignée. Je frappai sur le bois.

— Vlad ! criai-je.

Je ne savais pas pourquoi j'étais aussi paniquée… j'aurais dû être heureuse de ne pas être attachée. J'étais simplement enfermée dans une chambre. Très luxueuse, en plus. Mais ça ne me plaisait pas. La solitude me déchirait ma poitrine, comme le désespoir.

— Vlad ! hurlai-je.

— Doucement, *zaika*.

La clé tourna de nouveau dans la serrure et la porte se rouvrit de quelques centimètres. Vlad se pencha dans l'embrasure, son visage près du mien.

— Tu as perdu ta liberté pour aujourd'hui. Tu dois rester dans la chambre. Demain, nous pourrons réessayer… Si tu es une gentille fille, je te laisserai sortir.

Ma gorge remua, mais je n'arrivai pas vraiment à déglutir.

— Est-ce que tu vas revenir ? demandai-je d'une voix tremblante.

C'était pathétique. Le suppliai-je vraiment de me tenir compagnie ?

Oui.

Je ne voulais pas être seule ce soir-là. J'étais dans un pays étranger, à des milliers de kilomètres de ma grande famille italienne bruyante. Sans aucun espoir de la revoir avant longtemps.

Je souhaitais désespérément le moindre échange humain. Et je m'habituais à sa compagnie– pour ne pas dire que je l'appréciais –, en particulier.

Son expression s'adoucit et il m'étudia un instant.

J'essayai d'effacer la vulnérabilité sur mon visage, mais je doutais d'y arriver.

— C'est ma chambre, *zaika*, dit-il doucement. Je reviendrai.

Cela ressemblait davantage à un avertissement qu'à un

réconfort, mais je fus quand même soulagée. Quand il referma la porte, je m'assis sur le lit et m'autorisai à pleurer.

∾

Vlad

J'ENVOYAI Zoya apporter un plateau de nourriture à Alessia et fis les cent pas dans la demeure. Mika était installé dans sa chambre, mangeant déjà sur un plateau. Bien. Zoya prendrait bien soin de lui. J'avais un pressentiment. Elle avait peut-être l'air austère, mais en dessous son aspect dur se trouvait un cœur doux.

Blyat, ça avait failli me tuer de tourner les talons alors que je pouvais entendre Alessia pleurer derrière la porte. Je n'étais parti que parce que je ne croyais pas qu'elle voulait que je reste près d'elle. Parce que je n'osai pas la punir en lui retirant ses vêtements, ou en la frappant sur son magnifique postérieur. Parce que, sérieusement, la prochaine fois qu'elle jouirait quand je la punirais, je ne pourrais plus me retenir. Je l'immobiliserais et la prendrais.

Mais elle m'avait demandé si j'allais revenir… comme si elle ne voulait pas que je parte.

Bon sang.

Maintenant je ne pouvais pas garder mes distances. La laisser seule était impossible.

Je vérifiai mes comptes et découvris que l'argent avait déjà été viré par les frères d'Alessia. Je m'étais attendu à ce qu'ils obéissent, mais voir à quelle vitesse ils avaient répondu me satisfaisait. C'était bien de savoir qu'elle était aussi chérie qu'elle devait l'être. Ils ne prenaient aucun risque pour sa sécurité.

Je fis un tour de la propriété, établissant mentalement une liste de modifications et de tâches d'entretien à faire, puis retournai dans la chambre.

Le plateau de nourriture avait disparu et Alessia se déplaçait dans la salle de bains. J'entendis la baignoire se vider et quelques minutes plus tard elle sortit en portant un de mes tee-shirts et une petite culotte que j'avais fait acheter par Zoya, ainsi que quelques autres vêtements de base.

Il faisait nuit aux États-Unis même si ce n'était que la mi-journée ici. Elle devait se préparer à se coucher.

Ma verge enfla. Son odeur était fraîche, comme celle de concombre et de fruits.

On l'aurait croquée.

Pendant tout l'après-midi.

Elle s'arrêta quand elle me vit et sa respiration se bloqua.

— Nous n'allons pas consommer le mariage, m'informa-t-elle.

— Un jour, *zaika*, tu me supplieras.

Elle souffla d'une mine dédaigneuse.

— Continue à te dire ça.

Mais elle se tordit les mains comme si elle était nerveuse.

— Viens, dis-je en tapotant le lit, je dois vérifier ta glycémie.

Elle s'avança, mais son pas reflétait sa méfiance.

Je testai sa glycémie, qui me paraissait convenable. J'étais à moitié déçu, à moitié soulagé de ne pas pouvoir soulever ce tee-shirt et voir à quoi Alessia ressemblait avec une autre petite culotte en administrant son injection.

Elle bâilla.

— Tu es prête à dormir ? Tu devrais vraiment attendre

qu'il fasse nuit dehors. Réinitialiser ton horloge interne. Enfin, c'est ce qu'on dit.

Elle s'avança vers les fenêtres et ferma les stores.

— Voilà. Il fait nuit.

J'essayai sans succès de retenir un sourire. Il y avait quelque chose de tellement frais et tranquille chez elle ! Elle insistait, mais ce n'était pas comme une sale gosse capricieuse. En dehors du fait qu'elle avait craqué après l'appel avec ses frères, elle avait encaissé son enlèvement remarquablement bien.

Elle était une perle rare, c'était sûr.

J'aurais aimé l'embrasser. Cette pensée me surprit, parce que je n'étais pas du genre à embrasser. J'étais plus du genre à pilonner une femme par-derrière et à ne jamais lui demander son nom. Mais elle avait des lèvres pleines et bien faites. Je voulais les goûter. Sauvagement.

Puis lentement.

Et de toutes les manières entre ces deux extrêmes.

Elle tira les draps sur le lit et se coucha.

J'étais soudain complètement crevé. Je n'avais pas dormi plus de quelques heures depuis des jours, maintenant, ne voulant pas baisser la garde. Mais à présent que j'étais en Russie, avec des soldats de la *bratva* partout pour garder mon royaume, je pouvais dormir.

Je me levai et me brossai les dents, puis me déshabillai, restant en boxer.

Alessia me regardait, les yeux posés sur la blessure qu'elle m'avait infligée, que j'effleurai. Elle guérissait bien. Toujours sensible, mais pas infectée.

Je me glissai sous les couvertures avec elle et écoutai sa respiration, devenir superficielle. Elle avait peur de moi, bien sûr. Ou peut-être était-elle excitée. Un peu des deux, probablement.

Après cinq minutes de silence, elle dit :

— Tu pourrais toucher ma tête si tu veux.

Je souris et me redressai sur un coude. Elle me tournait le dos, pelotonnée sur le côté.

— Tu veux que je te masse encore la tête ?

— Oui ? dit-elle d'une petite voix.

Ça ressemblait à une question. Comme si elle n'était pas sûre de ce qu'elle demandait. Peut-être qu'elle savait qu'elle n'aurait pas dû m'inviter à la toucher.

— Dis « s'il te plaît ». *Pozhaluysta*, dis-je en lui fournissant le mot en russe.

— Tu fais une fixation sur le fait que je supplie, n'est-ce pas ?

J'enfouis les doigts dans ses cheveux.

Elle émit un gémissement doux en réponse.

— *Pozhaluysta*, lui indiquai-je de nouveau.

— Hum. Bien. *Pozhaluysta.*

Sa prononciation n'était pas trop mauvaise.

Je la récompensai par des mouvements réguliers. Je trouvai les arêtes de son crâne et formai des cercles doux tout le long, empoignai ses cheveux et tirai sur les racines.

Elle émit de doux soupirs de contentement pendant quelques minutes puis, à en juger par sa respiration qui ralentissait, elle s'endormit.

9

Alessia

JE ME RÉVEILLAI à 22 heures. Vlad avait eu raison, j'aurais dû attendre la nuit pour dormir, mais après l'épuisement émotionnel d'avoir vu mes frères et avec le mal du pays, je n'avais pas pu rester debout une minute de plus.

Il était endormi près de moi. C'était la première fois que je le voyais dormir.

Je l'étudiai. J'examinai ses tatouages de près. Ils étaient grossiers et laids, mais Vlad était magnifique. Le besoin de le toucher, de suivre ses muscles définis, de sentir ses abdos puissants était écrasant.

J'avais bien envie de coucher avec lui. Je désirais enfourcher sa taille immédiatement et voir comment c'était de le sentir en moi.

Mais il était impossible que je le lui laisse savoir. Il m'avait pris tout le reste… je n'allais pas lui remettre la seule chose qu'il m'avait autorisée à conserver.

Je sortis du lit et fouillai la pièce. J'étais trop dans le

brouillard quand j'étais arrivée, mais désormais je cherchais tout appareil électronique – son téléphone, sa tablette –, n'importe quoi que je puisse utiliser pour contacter mes frères.

Bien sûr, je ne trouvai rien.

Il était minutieux, mon Russe. Plus intelligent qu'il en avait l'air. Mais bon, il fallait bien qu'il soit intelligent pour être le comptable de toute la *bratva* russe.

Je passai en revue ses affaires, cherchant des indices sur lui, mais il n'y avait rien de personnel. Pas de photos, pas de papiers, même pas une pièce d'identité.

— Arrête de fouiner, petit lapin.

La voix de Vlad, empâtée par le sommeil, provenait du lit.

Je sursautai et me retournai. J'avais une excuse sur le bout de la langue, mais je n'étais pas vraiment désolée, alors je la gardai.

— Tu as faim ? Laisse-moi vérifier ta glycémie.

Je commençais à trembler un peu.

— Elle est basse, lui dis-je.

Il jura et bondit du lit, ramassa la trousse d'analyse et s'approcha de moi.

Il avait une énorme érection du matin. En tout cas, je trouvais qu'elle était énorme. Je n'en savais rien. Je regardai fixement le membre qui emplissait son boxer.

— Supplie, *zaika*, et elle est à toi, gronda-t-il alors qu'il se penchait sur mon doigt.

— Va en enfer, Vladimir.

Ses lèvres tressaillirent, mais il ne détourna pas son attention de la seringue.

— C'est ton vrai prénom ?

— *Da*.

Il m'attrapa par la taille pour m'asseoir sur sa commode, puis souleva le tee-shirt que j'avais utilisé comme chemise de nuit et me fit une injection dans le ventre.

— Quel est ton nom de famille ?

— Poutine.

Il se penchait sur moi, si près que je pouvais sentir sa chaleur.

— Très drôle.

Il baissa les yeux vers ma petite culotte.

— Elle est jolie.

Mes genoux étaient écartés et, avant que je ne puisse les rapprocher, il passa une de ses jointures le long de ma fente couverte de tissu.

Mes muscles internes se figèrent de plaisir, mais je serrai les cuisses l'une contre l'autre, chassant sa main.

Un coin de ses lèvres se releva, mais il n'essaya rien d'autre.

— Qu'as-tu envie de manger ?

— Honnêtement ? Des pancakes. Mais ils contiennent trop de glucides. Alors une omelette aux champignons et aux épinards.

— Je vais aller chercher Zoya.

— Elle n'est pas en train de dormir en ce moment ?

Il haussa les épaules.

— Elle travaille quand j'en ai besoin.

— C'est le genre de truc que dirait un enfoiré.

— *Da.* Je suis enfoiré. Tu devrais le savoir maintenant.

Il passa un tee-shirt par-dessus sa tête et enfila un jean.

— Viens, dit-il en me tendant la main.

Je ne voulais pas la prendre, mais je ne voulais pas non plus refuser… pas quand il semblait m'offrir l'occasion de sortir de la chambre.

Je lui tendis la main et il me mena à travers son énorme demeure dans une magnifique cuisine. Tout était contem-

porain et neuf. De l'électroménager élégant de style euro-
péen aux plans de travail en granite.

J'allai vers le réfrigérateur et l'ouvris. Il y avait un
carton d'œufs, que j'attrapai.

Je me raidis quand je sentis Vlad juste derrière moi,
mais il ne tenta rien. Il tendit simplement la main devant
moi et sortit le beurre, le fromage, le lait et une sorte de
légume vert frais… je ne reconnus pas les feuilles.

— Une omelette.

— Oui, s'il te plaît.

Bien qu'il ait dit qu'il allait réveiller Zoya, il sortit une
poêle et prépara deux omelettes parfaites au fromage avec
des légumes en un tournemain.

Quand il me la servit − avec un peu d'oignon vert
émincé dessus −, je m'assis sur le tabouret et la dévorai.

— Tu avais vraiment faim, observa-t-il en s'asseyant à
côté de moi et en prenant une fourchetée. As-tu mangé
quoi que ce soit avant d'aller au lit ?

— Pas beaucoup, admis-je.

À ce moment-là, j'étais trop sur les nerfs émotionnelle-
ment parlant pour avoir envie de manger.

Je portai mon assiette à l'évier, la rinçai et la posai dans
le lave-vaisselle.

— Depuis combien de temps vis-tu ici ?

— J'ai acheté cette maison il y a six ans. Mais j'étais
aux États-Unis depuis treize mois.

— Oui, à l'évidence. Mais pourquoi ?

— Pourquoi quoi ?

— Pourquoi quitterais-tu ce magnifique endroit pour
vivre à Chicago ? Enfin, c'est évident que tu réussis bien ta
vie ici.

Ses sourcils se froncèrent. Son expression se durcit.

— J'ai reçu l'ordre de partir. De Victor, le papa.

— Le papa ?

— C'est comme ça que nous appelons le chef de la *bratva*.

Il fit tinter sa fourchette sur son assiette, ramassant le reste d'œufs.

Cela cachait quelque chose. L'énergie de la pièce, de détendue, était devenue électrique.

— C'était une punition ? demandai-je.

Il me lança un coup d'œil, puis haussa les épaules.

— D'une certaine manière.

Il se leva et alla à l'évier.

— Trop de questions, *printsessa*.

— Qu'est-ce que j'ai d'autre à faire ? Je suis réveillée à 22 heures avec personne d'autre que toi comme compagnie.

Son regard se baissa sur mes seins, nus sous le tee-shirt fin, et son expression devint sauvage.

— Je peux trouver des choses que nous pourrions faire.

— Je m'en doute.

Je faisais de mon mieux pour avoir l'air dégoûtée, mais la vérité était que mon cœur s'emballait. Mes mamelons durcissaient. Mon intimité me démangeait.

— Bientôt, *printsessa*…

— Je sais, je supplierai. Continue de rêver, le Russe, dis-je en allant d'un pas nonchalant vers la porte. Tu me fais visiter ?

Il faut admettre que j'avais mis une petite inflexion dans ma voix. Une invitation.

Le regard de Vlad était à demi visible, ses yeux posés sur mes jambes nues. J'aurais dû m'habiller davantage avant de sortir de la chambre.

— Continue à flirter, *zaika*, et ça finira mal pour toi.

Je posai une main sur ma hanche.

— Qu'est-ce que c'est censé vouloir dire ?

Il ajusta son pantalon sur son paquet, en guise de

réponse tout à fait explicite. Le renflement dans son jean était impressionnant, c'était le moins qu'on puisse dire.

— Mon self-control vient à manquer.

Mes joues rougirent. Ma petite culotte s'humidifia.

Il s'avança vers moi comme un lion traquant sa proie.

Je souris d'un air narquois et me mis à courir.

— *Blyat*, jura Vlad.

Il me rattrapa cinq pas plus tard, passant un bras autour de ma taille et me soulevant du sol.

— Vlad, gloussai-je, le souffle coupé.

— Tu veux vraiment que je te punisse, gronda-t-il à mon oreille.

Son souffle était chaud contre mon cou alors qu'il me portait vers la chambre.

— Non.

Je gloussai, me tortillant dans ses bras.

C'était un de ces non qui voulaient vraiment dire *oui*.

Je mourais d'envie d'être punie.

Et en même temps, je savais que c'était une mauvaise idée, la mauvaise carte à jouer. Je ne devais pas l'inciter à me toucher, lui donner de fausses idées. Pas quand mon intention était de refuser toute relation sexuelle avec lui.

Mais c'était comme si mon corps s'en fichait. Ma chair était en feu, brûlant d'envie de recevoir son contact dominateur.

Et il me le donna.

Il me porta dans sa chambre et utilisa une de ses cravates pour m'attacher les poignets à la tête du lit.

— Non, attends, haletai-je, agitant mes jambes de haut en bas sur le couvre-lit onéreux.

— Trop tard, *printsessa*. Tu as couru. Maintenant tu dois être attachée.

Une lueur sombre étincela dans ses yeux normalement bleu clair alors qu'il fixait mon corps d'un air affamé. Il se laissa tomber à quatre pattes sur moi et je repris mon souffle, relevant les hanches.

Il mit ses paumes entre mes deux cuisses et m'écarta les genoux. Descendant entre mes jambes, il mordilla mon intimité, glissant les dents sur la soie de la petite culotte que j'avais trouvée ici dans le tiroir, ainsi que d'autres vêtements à ma taille.

— Choisis ta punition, m'annonça-t-il d'une voix rauque et profonde. Ma main sur ton derrière ou ma bouche entre tes cuisses.

— Bouche.

J'articulai à peine le mot. Ça ressemblait plutôt à un cri perçant.

Ce que je voulais vraiment, c'était les deux. Tout. La totale. Mais sa bouche semblait positivement délicieuse.

Je fus récompensée par un sourire félin. Il fit brusquement descendre ma petite culotte sur mes jambes et la lança par-dessus son épaule. Puis il se glissa entre mes jambes avec une intention simple.

Je frissonnai avant même qu'il ne me touche, et quand il lécha mon sexe, mes hanches décollèrent du lit. Il le lécha encore. Le son étranglé que j'entendis devait provenir de moi.

J'étais tellement sensible, bon sang… comme si tous mes nerfs s'enflammaient en bas. Il aurait pu simplement respirer sur mon intimité et je crois que j'aurais joui.

On m'avait déjà fait un cunni, mais cela n'avait rien eu à voir. C'était juste lécher un peu pour me préparer. Mais ça ? C'était comme être électrocutée avec un Taser de plaisir. C'était trop, et pourtant pas assez. C'était l'extase mêlée à la douleur de l'excitation.

Surtout quand Vlad commença à dessiner des cercles autour de mon clitoris avec sa langue, pour le sucer.

Il glissa un de ses doigts en moi et je me tortillai, prête à exploser.

Il recula en retirant sa bouche et remonta mon tee-shirt pour exposer mes seins. Je pensai qu'il allait téter un de mes mamelons maintenant, mais à la place, il tendit la main et me frappa sur le côté d'un sein.

Je poussai un petit miaulement d'inquiétude.

Il frappa encore.

Je gémis.

Il pinça mon mamelon alors qu'il frottait ses doigts lubrifiés le long de ma vulve avant de les remonter. Sous le plaisir, je me tortillais sous lui, gémissais et émettais des petits sons.

Il frappa mon sein. Ensuite, il remonta pour me sucer le mamelon, titillant le bouton tendu de ses dents. Puis il recommença à taquiner mon clitoris avec sa langue alors qu'il caressait l'intérieur avec deux doigts enfouis en moi.

Je m'étouffai. Criai. Jouis.

Vlad ne s'arrêta pas un seul instant pendant que je jouissais, il me caressa simplement et me suça jusqu'à ce que j'aie terminé de me presser contre son visage, enserrant ses doigts par les palpitations de mon orgasme.

Dès que j'eus terminé, il se redressa et déboutonna son pantalon.

— Non, dis-je en secouant la tête.

Je savais que j'étais une garce, mais je ne voulais pas lui offrir ça. Il m'avait ravie à ma famille. Il ne méritait pas de consommer ce mariage malheureux.

Mais il se contenta de sourire d'un air narquois et de sortir sa verge. Je regardai, prenant des respirations courtes et paniquées alors qu'il empoignait son érection et se masturbait d'une main.

Oh.

Il n'allait pas me violer.

Le soulagement se mua en excitation alors que je regardais sa main s'activer sur le gland violet de sa verge, gonflé et étincelant de liquide préséminal.

Il ne lui fallut pas longtemps avant d'éjaculer, couvrant mon ventre de rubans de sperme chaud.

Ma tête retomba sur l'oreiller et je m'affaissai tandis que le bien-être de mon orgasme se déversait en moi.

Vlad se laissa tomber sur les mains et baissa la tête, embrassant mon ventre palpitant. C'était un baiser doux qui s'attardait, et il déclencha en moi un autre mini-orgasme.

— Bientôt, Alessia, me rappela-t-il alors que je retenais mon souffle, essayant de le cacher.

Je ne voulais pas admettre qu'il avait raison.

Pour des orgasmes pareils, je finirais probablement par supplier.

Vlad

ALESSIA DORMIT quelques heures de plus. Je restai à travailler dans la chambre pendant un moment, puis finalement j'allais dans mon bureau.

Je laissai la porte déverrouillée. J'avais des hommes postés à chaque porte, à l'intérieur et à l'extérieur de la demeure. Elle n'irait nulle part. Et je ne voulais pas la voir de nouveau bouleversée.

Je repoussai l'arrière-goût de culpabilité sur lequel j'avais bâti toute cette opération. Cela avait commencé comme un moyen de punir les Tacone et de me remplir les poches. Mais si j'étais honnête avec moi-même, je devais admettre que c'était devenu autre chose.

J'aurais dit non au retour immédiat d'Alessia pour six millions dans tous les cas. Voilà quel enfoiré j'étais. Mais la garder ici tenait bien plus à mon désir de l'avoir dans ma maison – dans mon lit – que de jouer les gros bras avec la mafia américaine.

Je m'assis à mon bureau et triai le courrier. Il y avait une pile de lettres de Sabina. Je les lançai dans la poubelle sans les ouvrir.

Sale garce sournoise.

J'allumai mon ordinateur portable et commençai à déplacer l'argent sur des comptes fictifs. Divisant le paiement des Tacone en sommes de plus en plus petites jusqu'à ce qu'elles disparaissent dans la multitude d'entreprises que j'avais montées.

Puis je me souvins de ma promesse à Alessia de créer un compte pour Mika et je m'en occupai. Quand le gamin apparut à la porte, se frottant les yeux, je l'appelai.

— Mika, viens ici, dis-je en lui faisant signe d'approcher. Je veux te montrer quelque chose.

Je déplaçai mon curseur sur une longue liste de comptes et lui montrai le total de 95 000 dollars en bas.

— Tu sais ce que c'est ?

Il secoua la tête.

— C'est ton argent.

Il s'immobilisa.

Je fis un geste vers ma chambre.

— De l'argent de la fille. Pour toi.

Il se raidit et fit un pas en arrière.

— Je n'en ai pas besoin, dit-il rapidement.

Je me rendis compte qu'il pensait que j'essayais encore de l'impliquer là-dedans. D'acheter sa complicité. Et il ne voulait pas y être mêlé.

— Peut-être que tu devrais simplement la laisser partir.

Une nouvelle vague de culpabilité s'éleva en moi, mais je l'ignorai. Je m'étais senti presque joyeux de créer des comptes pour lui, de mettre de l'argent de côté pour m'assurer qu'on prendrait soin de lui, quoi qu'il m'arrive. Je souhaitais qu'il comprenne que c'était une bonne chose. Que cela découlait de la compassion d'Alessia.

— Elle a insisté, lui dis-je. Parce que son frère a tué Aleksi, ton tuteur.

— Aleksi n'était pas mon tuteur, grogna Mika.

Je me tournai pour lui accorder toute mon attention. Le gamin était contrarié, maintenant.

— Ah bon ?

— C'était le bâtard qui a fait fuir ma mère.

Une sensation de malaise me tordit mon ventre. Alors il blâmait Aleksi pour l'abandon de sa mère. Il avait peut-être raison. Ou peut-être pas. Sa mère avait peut-être simplement été une gourde qui ne se souciait pas de son fils. C'était comme ça que je l'avais compris, en tout cas. Mais j'avais une opinion blasée des mères. Et des femmes en général.

Mais Aleksi avait probablement été un enfoiré, à la fois envers Mika et envers sa mère. Je n'avais jamais apprécié ce crétin.

— Aleksi était un bâtard, tu as raison, acquiesçai-je doucement. Mais Alessia se sent responsable que tu te sois retrouvé tout seul quand la cellule a été démantelée. Elle m'a demandé d'utiliser son argent pour subvenir à tes besoins. Alors le voilà. Si quelque chose m'arrive, tu seras la seule personne à pouvoir accéder à ces comptes.

Il me regarda avec méfiance, comme s'il n'y croyait pas complètement.

— C'est mon argent ? demanda-t-il.

— *Da*.

— Je peux l'avoir maintenant ?

— Non. Sauf si tu en as besoin. As-tu besoin de quelque chose, Mika ?

Ses épaules s'affaissèrent.

— Non.

Je l'étudiai, essayant de comprendre ce qui se passait dans sa tête.

—Je te donnerai de l'argent de poche chaque semaine, pour que tu aies ton propre argent à dépenser, lui dis-je et son visage s'éclaira. Mais seulement si tu t'appliques dans tes leçons.

—Quelles leçons ?

—Les leçons qu'Alessia va commencer à te donner.

J'inventais au fur et à mesure, mais ça me parut un plan génial. Alessia était enseignante. Elle tenait déjà à Mika. Et elle aurait besoin de quelque chose à faire ici… d'un but. Je la chargerais de son éducation, et elle trouverait ses marques dans son nouvel environnement ici.

Ils le feraient tous les deux.

Quelque chose d'inhabituel mais pas désagréable remua en moi à cette pensée.

Le désir de faire en sorte que ça arrive… de créer l'environnement où tous deux seraient contents, heureux même, s'insinuait discrètement dans mes projets.

ALESSIA

JE ME RÉVEILLAI avant l'aube. Je n'avais pas vraiment dormi, plutôt sommeillé. Le genre de sommeil agité et empli de rêves où on entrait et sortait en ayant du mal à distinguer quand on rêvait ou quand on était réveillé.

Par exemple, j'étais allongée sur le lit, avec Vlad qui me massait la tête, puis nous étions de nouveau dans la cuisine à préparer le petit déjeuner. Seulement, cette fois, il me soulevait sur le plan de travail et m'immobilisait les hanches pendant qu'il me léchait jusqu'à ce que je hurle. Puis nous étions dans la chambre avec mes frères sur l'écran vidéo, mais il refusait de me laisser voir. Et je lui donnai un coup de pied, mais ça ne servait à rien parce que j'étais pieds nus. Et il pensait que c'était amusant, puis il m'attirait sur ses cuisses comme une enfant et en réponse me donnait une fessée.

Et j'étais excitée par la fessée et je me frottais contre ses cuisses, mais il ne voulait pas me laisser jouir parce que je refusais de supplier.

Je me réveillai excitée, énervée et affamée. L'omelette semblait bien loin. Je sortis du lit, les jambes tremblantes. Apparemment, avoir un orgasme et rêver de Vlad brûlait beaucoup de calories. Je voulais d'abord me doucher, mais je ne pensais pas y arriver sans avaler quelque chose. J'avais vraiment besoin de garder à manger près de la table de nuit pour les urgences.

J'enfilai un jean que je trouvais dans la commode et trébuchai en direction de la cuisine. En tout cas, il me semblait que c'était la bonne direction. C'était difficile à dire… il faisait nuit et tout était sombre.

Je tournai dans un couloir et tombai sur Vlad et Mika arrivant vers moi.

— Alessia ? demanda Vlad en s'avançant rapidement à mes côtés. Tu as faim, hein ? As-tu vérifié ta glycémie ?

Je secouai la tête, et le couloir tangua autour de moi.

— J'ai faim, dis-je d'une voix rauque.

En un éclair, Vlad me prit dans ses bras et me porta à la cuisine.

— Prends du jus de fruit dans le réfrigérateur, ordonna-t-il à Mika, qui restait à proximité.

Quelques instants plus tard, un verre de jus de fruit était pressé contre mes lèvres et je buvais, reconnaissante.

— Va chercher la trousse médicale dans la chambre, lança Vlad avant de continuer en russe, parlant rapidement… comme s'il était trop difficile d'expliquer la position de la trousse en anglais.

Mika s'en alla en courant et revint tout aussi vite. Vlad me posa sur un tabouret, testa mon sang et me donna une dose de glucagon. Il me regarda dans les yeux, les sourcils froncés.

— Trop de sommeil et pas assez à manger, dis-je faiblement.

Mon traitement était perturbé par le décalage horaire. Ça avait fichu en l'air ma glycémie. Je n'avais pas assez mangé. Je n'en étais pas sûre. Éviter des situations comme celle-ci était la raison pour laquelle ma famille souhaitait que j'aie une pompe à insuline à plein temps, une idée que je détestais. Je m'étais toujours appliquée à éviter tout accident, alors j'étais énervée contre moi-même. Mais bon, je n'avais jamais été kidnappée et emmenée dans un pays étranger contre ma volonté.

— J'ai foiré, dit Vlad d'un ton colérique en se frottant le front. J'aurais dû vérifier plus souvent.

Bien sûr, ce n'était pas sa responsabilité, c'était la mienne, mais j'allai quand même dans son sens.

— Tu peux te faire pardonner en me libérant.

Vlad cessa de me soutenir sur le tabouret, et comme je ne m'effondrais pas, il cria quelque chose en russe et alla vers le réfrigérateur. Zoya entra précipitamment, sans regarder personne alors qu'elle sortait une poêle et allumait la cuisinière. Vlad lui tendit un saladier en métal qu'il avait sorti du frigo.

Le beurre grésilla, puis la douce odeur des pancakes emplit la cuisine.

Mon petit déjeuner préféré, mais que je ne m'autorisais presque jamais. Je laissais paraître un sourire.

— Je ne devrais vraiment pas manger de pancakes.

— Ce sont des pancakes spéciaux, élevés en protéines. Bons pour les diabétiques.

— Vraiment ? Waouh. Merci. Je suis si contente !

Il hocha la tête mais fronçait toujours les sourcils.

— Détends-toi. Je me sens mieux. Je ne vais pas encore mourir.

Pas cette année, en tout cas.

Je l'espérais.

Quelques minutes plus tard, une assiette de pancakes et de bacon glissa devant moi et je faillis pleurer de plaisir.

— Merci. Merci. Merci. Comment dit-on merci en russe ?

— *Spasibo.*

Je n'aurais pas dû aimer à ce point la voix grave et profonde de Vlad.

— *Spasibo,* répétai-je en regardant Zoya.

Elle tourna la tête vers moi et l'inclina, mais ne croisa pas vraiment mon regard. Ce n'était pas la plus avenante des domestiques, mais clairement nécessité faisait loi. J'allais devoir faire amie-amie avec elle aussi vite que possible si je voulais dégager de ce continent.

Mika et Vlad avaient leurs propres assiettes de pancakes et de bacon et nous engloutîmes tous les trois la nourriture en silence pendant un moment.

— Quand aurai-je mon dico ?

Les lèvres de Vlad se recourbèrent en un discret sourire. Comme toujours, il semblait légèrement amusé par mes exigences, plutôt qu'énervé. Je supposai que j'avais de la chance d'avoir un ravisseur qui semblait attiré par moi. Cette situation aurait pu être cent fois pire. Mille fois, probablement.

— Tu l'auras quand tu l'auras.

— J'ai besoin de Spotify aussi. Ou d'Apple Music. De quelque chose à écouter.

Là, je le testais simplement. Ce dont j'avais vraiment besoin, c'était d'un accès à internet.

Bien sûr, il savait ce que je manigançais.

— Bien essayé. Tu me donnes une playlist, je téléchargerai.

— Est-ce que mes frères ont envoyé l'argent ?

— *Da.*

— Je veux aller faire du shopping. N'es-tu pas censé m'assurer le style de vie auquel je suis habituée ?

Encore une fois, une trace de sourire apparut sur son visage.

— Quand tu auras mérité une sortie, tu en auras une.

L'excitation échauffa mon entrejambe quand j'envisageais comment je pouvais mériter cette permission.

Je devinais que le sexe me mènerait loin avec Vlad.

Dommage que je ne sois pas prête à le lui donner.

Même si, après la veille, je ne savais pas combien de temps cela prendrait avant que ma résistance ne s'effondre.

— Quand est-ce que mes leçons commencent ? demanda Mika.

Je pris un morceau de bacon sur l'assiette de Vlad et le portai à ma bouche.

— Quelles leçons ?

— J'ai pensé que tu pourrais lui donner des cours, m'annonça Vlad en déposant le reste de son bacon sur mon assiette vide.

— Et l'école ? demandai-je.

— Pas d'école, gronda Mika en une imitation parfaite de Vlad.

Je roulai des yeux.

— Pourquoi pas ? Tu ne veux pas te retrouver avec des enfants de ton âge ?

Il secoua la tête avec insistance.

— Je veux que tu m'apprennes.

— Tu le feras ? demanda Vlad en plantant une fourchette dans une pile de pancakes.

Dans mon esprit défilait déjà ce qu'il faudrait pour nous lancer… des évaluations dans chaque matière, etc.

— Ce devra être en anglais, bien sûr. Il aura besoin que quelqu'un d'autre lui enseigne la lecture et l'écriture en russe.

— Je n'ai pas besoin du russe.

— Je ne pourrai pas évaluer ça, dis-je à Vlad.

— J'évaluerai et je prendrai un autre professeur particulier s'il en a besoin, proposa Vlad.

Le visage de Mika s'éclaira.

— J'aurai besoin d'un accès pour télécharger un programme scolaire.

— Je t'obtiendrai ce dont tu auras besoin, promit Vlad.

— Aujourd'hui ? demandai-je.

— Est-ce qu'on commence aujourd'hui ?

Mika semblait en fait excité à cette perspective. Il me traversa l'esprit que la supervision des adultes ou des échanges avec eux lui manquait. Il était prêt à tout absorber, même des cours particuliers dans des matières scolaires.

— Oui, dis-je, même si je ne savais pas encore ce que je ferais.

Ce gamin avait besoin d'un cadre. J'allais le lui donner, à partir d'aujourd'hui.

Je regardai l'horloge sur le mur.

— Nous nous retrouverons de 9 heures à midi tous les jours, du lundi au vendredi. Tu auras les week-ends pour jouer.

Mika ricana au mot « jouer ».

— Tu vas devoir apprendre à jouer. Je sais que tu as dû grandir plus vite que la normale, mais quelque part là-dedans, il y a encore un gamin qui veut jouer.

J'ébouriffai ses cheveux et il s'esquiva hors de ma portée.

— Maintenant va prendre une douche et peigne-toi les cheveux. Je te retrouverai…

J'hésitai.

— Tu peux étudier dans la salle à manger, dit Vlad en agitant une main vers la pièce attenante avec la longue et belle table en bois de merisier.

— Je te retrouverai là à 9 heures, dis-je fermement à Mika avec mon meilleur ton de professeur.

Il glissa de son tabouret, laissant l'assiette sur la table.

— Ah, ah ! le réprimandai-je sèchement. Mets cette assiette dans le lave-vaisselle et dis *spasibo* à Zoya.

Il obéit et Zoya sembla ravie, me lançant un coup d'œil avec un hochement de tête.

Le téléphone de Vlad sonna.

— Excuse-moi, *zaika*, j'ai des affaires à régler. Si tu as besoin de quoi que ce soit, Zoya t'aidera.

— Bien sûr, vu que je parle tellement bien le russe, dis-je d'un ton sarcastique à son dos alors qu'il sortait de la pièce en parlant dans un russe concis dans son téléphone.

Vlad

JE M'OCCUPAI de Victor toute la matinée : prenant ses appels, gérant son argent, me joignant à des téléconférences, mais tout ce à quoi je pensais, c'était ce à quoi Alessia avait ressemblé en jouissant la veille.

Au goût de son sexe.

À la sensation de sa peau souple sous mes mains.

Je rêvais d'écarter de nouveau largement ses cuisses et de la faire hurler. J'avais envie qu'elle ait des problèmes avec moi… le derrière nu et fessé, les mains attachées.

Je la voulais le souffle coupé, brûlante et prête.

Mais je n'allais pas insister. Le temps était de mon côté. Alessia était ma prisonnière, ici pour deux ans, peut-être plus. Je savais que je l'excitais. Son corps répondait. Alors il ne s'agissait que de gagner son âme maintenant, son cœur. De faire plier sa volonté.

Et elle était exactement là où je la voulais.

Chez moi.

Dans mon lit.

J'apprendrais ce qu'elle aimait, le lui donnerais. Finalement, elle me laisserait l'approcher. Elle était déjà tellement vulnérable ! Sans défense. Elle était gentille et compatissante, elle se donnait facilement. Une créature si parfaite, à l'intérieur comme à l'extérieur.

Elle me faisait presque réévaluer la manière dont je voyais les femmes.

Presque.

Je m'excusai finalement par téléphone auprès de Victor dans l'après-midi et quittai mon bureau pour aller la retrouver, m'assurer qu'elle avait pris son déjeuner et voir comment ça s'était passé avec Mika.

Je l'entendis pousser un cri strident à la porte d'entrée et me mis à courir.

Blyat, non.

La porte était ouverte et un de mes soldats luttait avec elle pour l'en éloigner. J'approchai à pas rapides. Les joues d'Alessia étaient rouges de colère, ses yeux foudroyants. Elle écrasa le pied de mon soldat, lui donna un coup de coude dans les côtes.

— Enlève tes sales pattes d'elle, criai-je en russe, le menaçant de mille morts.

Un second soldat restait en retrait, prêt à s'en mêler, mais trop effrayé par moi pour faire le mauvais choix.

L'autre se figea et la lâcha lentement.

— Vous avez dit de l'empêcher de…

Elle essaya de se faufiler sur le côté pour sortir, mais il la bloqua de son corps.

— Oui, elle doit rester à l'intérieur. Mais je n'ai pas dit que vous pouviez la toucher, bon sang. C'est mon épouse. Bon sang, vous ne devez jamais manquer de respect à mon épouse, vous m'avez compris ? Elle doit être traitée avec la plus grande déférence. Si je vous donne l'ordre de limiter ses actions, vous feriez bien de trouver comment procéder, tout en la traitant comme une fichue reine. Suis-je parfaitement clair ?

— Oui, Vladimir, répondirent-ils tous les deux rapidement, baissant la tête.

— Alessia, viens.

Je lui fis signe du doigt. Je n'allais pas la malmener alors qu'elle venait d'être agressée.

Elle me foudroya du regard.

— Je veux faire une promenade.

Elle était habillée d'un jean que j'avais fait acheter à Zoya pour elle et d'un tee-shirt moulant pour femme. Le genre qui épousait les seins et leur donnait l'air appétissant. Elle avait une paire de baskets aux pieds.

— Si tu veux aller te promener, demande-moi. Je t'emmènerai dehors.

Elle releva le menton.

— Et si je veux marcher seule ?

— *Nyet*, répondis-je en secouant la tête. Interdit. Si tu sors de cette maison, c'est avec moi. À toi de choisir.

Elle croisa les bras et retroussa les lèvres, clairement partagée entre son envie de sortir et celle de ne pas céder à ma règle.

— Je ne vais pas supplier.

Je dissimulai un sourire.

— Je n'ai pas dit que tu devais supplier. Juste demander. Viens, tu veux y aller maintenant ? Je vais t'emmener.

Je passai devant mes soldats, qui s'écartèrent, et tendis
une main à Alessia.

Elle la regarda.

— Je ne te tiens pas la main non plus.

Un éclat de rire m'échappa, surprenant mes hommes.
Me surprenant.

Elle passa le seuil, indemne cette fois, un sourire
réticent jouant sur ses lèvres. Nos pas étaient synchrones, et
je la menai vers le chemin à travers les arbres.

— Je t'apprécie Alessia, admis-je.

— Je sais, dit-elle, ce qui m'arracha un autre petit rire.
Mais pas assez pour me laisser partir ?

Je ne répondis pas parce que c'était à l'opposé de la
vérité. Je l'appréciais *trop* pour la laisser partir. Mais lui
avouer ça n'aurait pas joué en ma faveur.

Et je l'aurais laissée partir. Je le savais. Je pensais qu'elle
le savait probablement aussi. Autrement, je pensais qu'elle
aurait flippé bien plus qu'elle ne le faisait.

Je l'emmenai faire une randonnée vers le lac, parce que je
pensais que si elle mourait d'envie de prendre l'air, une courte
marche n'allait pas faire l'affaire. C'était une promenade de
quarante minutes, et je fus surpris de découvrir qu'elle avait le
souffle court et s'arrêtait assez souvent pour se reposer.

— C'est le diabète ?

Je ne savais pas que ça provoquait le souffle court et
l'épuisement.

— Tu as besoin d'un en-cas ?

Je jurai intérieurement de ne pas avoir de quoi manger
sur moi.

— Rentrons.

— Non, je vais bien, haleta-t-elle, les mains sur les

133

hanches comme si elle était épuisée. C'est magnifique, ici. Je m'amuse bien.

— Est-ce que l'exercice affecte ta glycémie ?

— Ça va. Vraiment. Continuons.

J'étais partagé entre l'envie de lui faire plaisir et l'inquiétude pour sa santé. Je cédai, marchant plus lentement et faisant des pauses. Quand nous arrivâmes au bord du lac, la joie sur son visage me convainquit que ça en avait valu la peine.

— Vladimir ! C'est magnifique ! Je ne savais pas que tu avais un *lac*. Waouh.

— Tu aimes l'eau ?

— Qui n'aime pas ça ? C'est incroyable. Je n'arrive pas à croire que tu n'aies pas construit ta maison plus près.

J'aurais aimé tendre la main vers son joli visage, le caresser, mais il y avait une distance entre nous maintenant qu'elle n'était plus attachée, que je ne lui donnais plus à manger directement.

Je la courtisais maintenant, je ne la forçais pas.

— Je l'ai fait construire là où les architectes l'ont conseillé, à cause des risques d'inondation. Mais oui, c'est magnifique. C'est pour ça que j'ai choisi d'acheter ces terres.

— Est-ce que tu nages ici ?

— Parfois. Mais elle est froide.

Elle émit un petit rire.

— Je m'en doute.

Elle trouva un rocher près du rivage et s'assit dessus, face à l'eau.

— Je pourrais rester assise ici toute la journée.

Je m'assis près d'elle.

C'était drôle. J'avais cette grande maison construite ici près du lac, mais je n'avais jamais passé de temps à en profiter. Pas jusqu'à maintenant.

J'inspirai l'air parfumé de l'été, j'écoutai les oiseaux et les insectes qui s'appelaient.

Je voulais attirer Alessia sur mes genoux et inspirer son odeur aussi, mais je ne la touchai pas.

— Qu'as-tu dit au garde qui m'a arrêtée ?

Elle brisait le silence paisible.

— Je lui ai dit de ne plus jamais te toucher.

Ses lèvres pleines s'incurvèrent.

— Et quand je t'ai poignardé… qu'as-tu dit à Mika ?

— Je lui ai passé un savon.

— Je m'en souviens. Pourquoi ? Pour m'avoir laissée trouver un couteau ou pour avoir brandi une arme ?

— À ton avis ? demandai-je.

Elle se tourna et cilla. Ses yeux marron étaient dorés dans la lumière du soleil. Elle ne portait pas de maquillage, et avait l'air aussi fraîche et magnifique qu'un mannequin.

— Tu connais déjà la réponse.

— Pour avoir brandi une arme ?

— Pour l'avoir pointée sur toi.

Le souvenir me revint brusquement. Je n'avais senti aucune douleur du coup de couteau sur le moment. Tout ce que j'avais ressenti, c'était la peur vive que Mika tire, soit exprès, soit par accident. Aucun gamin ne devrait brandir une arme… je ne savais même pas où il avait eu celle-là.

— Seigneur, marmonnai-je en fourrant les doigts dans mes cheveux. Il aurait pu te tuer.

Alessia se pencha contre moi, appuyant son épaule contre la mienne.

— Je t'apprécie aussi, Vlad.

La stupéfaction apparut avant que le plaisir ne s'épanouisse dans ma poitrine.

— Quand tu n'es pas un crétin.

Un de ces rires inattendus m'échappa.

Seigneur, je ne savais pas quand j'avais ri pour la dernière fois. Je ne riais jamais. Comme Mika, j'avais grandi trop vite. Je ne savais plus quand les jeux et les rires avaient fait partie de ma vie, ni s'il y en avait eu.

Pourtant, j'étais là sous le grand ciel bleu avec la fille la plus belle et simple de la planète.

À rire.

Ça ne semblait pas réel.

Alessia

— ALESSIA.

Je crois que Mika n'avait jamais utilisé mon prénom avant. J'étais contente qu'il commence à m'apprécier. Nous avions eu nos heures d'étude du matin, puis il avait disparu un moment. Maintenant, il était de retour dans la salle de séjour. Il courba l'index, me faisant signe.

— Tu veux voir quelque chose ?

Est-ce que le pape porte un chapeau pointu ? Je m'ennuyais à mourir enfermée ici. Vlad travaillait depuis le matin dans son bureau. Je me levai précipitamment du fauteuil confortable dans lequel je m'étais installée.

— Oui. *Da.*

J'avais commencé les cours de russe avec mon dico. J'aurais aimé pouvoir simplement télécharger la langue dans ma tête comme ils le faisaient avec les compétences dans *Matrix.*

Je suivis Mika jusqu'à l'aile arrière de la demeure. Vers

ce qui semblait être les « quartiers des domestiques ». Le domaine de Zoya.

Mika m'emmena dans la buanderie et pointa quelque chose du doigt. Là, entrant et sortant en bondissant d'un panier à linge en osier plein de serviettes, se trouvait une portée de chatons noirs et blancs. Leurs minuscules miaulements me firent rire.

— Ooooh, m'exclamai-je en m'accroupissant pour caresser une minuscule tête avec mon index. Ils sont si mignons !

J'en pris un et le tins contre ma poitrine. Il commença immédiatement à ronronner.

— Est-ce que leur maman est à Vlad ? demandai-je.

— Je ne sais pas.

Zoya entra, l'expression sévère comme toujours. Elle prononça quelques mots durs vers Mika.

— Elle dit qu'elle doit s'en débarrasser avant que Vlad ne les découvre. Je pense que la maman est à elle.

J'attrapai le panier à linge de manière protectrice.

— Impossible qu'elle se débarrasse d'eux, dis-je en le soulevant. Demande-lui si je peux les garder.

Les sourcils de Mika s'envolèrent.

— Tous ?

Je ne voulais pas vraiment *tous* les garder, mais agacer Vlad était ma seule distraction ces temps-ci. Je pensai qu'avoir cinq petits chatons turbulents qui couraient dans tous les sens dans sa chambre était le moyen parfait de le rendre dingue.

— *Da*, répondis-je.

J'étais parfaitement prête à l'affronter sur ce sujet, même si Zoya ne l'était pas.

Mika expliqua quelque chose à Zoya qui me regarda d'un air dubitatif.

Je relevai le menton.

— Les chatons viennent dans ma chambre, annonçai-je. Vlad s'en remettra.

Peut-être que je pourrais utiliser ça comme argument de négociation pour avoir ma propre chambre. Dieu sait que partager un lit avec Vlad était une situation dangereuse. S'il recommençait sa performance de l'autre nuit avec sa langue entre mes cuisses, je ne pourrais pas lui résister.

— Veux-tu demander à Zoya d'apporter une litière dans ma chambre ? demandai-je à Mika alors que je sortais tranquillement en portant les chatons.

Je laissai Mika et Zoya discuter de la situation dans la buanderie.

Dans la chambre, je fermai la porte, allumai la télévision et laissai les chatons explorer. C'était la chose la plus mignonne que j'avais jamais vue et ils illuminèrent vraiment ma journée. Même si je n'avais pas voulu ennuyer Vlad, les avoir dans la chambre était déjà une joie.

Zoya installa la litière dans la salle de bains attenante. Je ne comprenais pas ce qu'elle disait, mais il y avait beaucoup de mains tordues et de caquètements. Elle était vraiment inquiète de la réaction de Vlad.

— Ne vous inquiétez pas, lui dis-je en anglais. Je vais gérer Vlad.

Elle saisit son nom et hocha la tête, parlant encore un peu. Finalement, elle s'en alla.

Je m'assis sur le lit et regardai la télé avec plusieurs chatons sur mes genoux. Quand Vlad entra, il y en avait un sur mon épaule, un sur ma poitrine et deux sur mes genoux. Le cinquième était pelotonné sur son oreiller.

Il s'arrêta net.

— Qu'est-ce que… ?

J'eus un large sourire.

— Tu as des chatons ! Je les garde tous.

La chatonne sur mon épaule donnait un coup de patte à mes cheveux. Je me mis à rire et la caressai.

Je m'attendais à ce que Vlad soit agacé. À la place, son expression s'adoucit et il me regarda simplement pendant un instant.

— C'est mignon, dit-il, ce qui me surprit.

— Ils le sont, n'est-ce pas ?

Il secoua la tête et ses lèvres s'incurvèrent en un léger sourire.

— Pas eux. Toi. Toi avec eux. Très mignon.

J'étais déconcertée.

— Alors je peux les garder ?

— *Da, printsessa.* Tout ce qui te rend heureuse.

— Est-ce que je peux avoir un chiot aussi ? continuai-je.

Il me sourit simplement.

— Là, tu me testes. Est-ce que tu veux seulement un chiot ?

— Peut-être pas avant que les chatons n'aient grandi un peu, concédai-je.

Le sourire de Vlad ne devint que plus chaleureux. Les rides sur son visage s'atténuèrent. Il était un homme différent, comme ça... plus jeune et plus beau. Presque juvénile.

Je ramassai le chaton sur ma poitrine et le lui tendis.

— Prends-en un. Ils sont si chou !

— D'accord.

Il était tellement agréable. Il prit le chaton et le posa sur son torse, le frotta sous son menton pour le faire ronronner.

C'était ridicule, mais je tombai un peu amoureuse.

Je ne le voulais pas.

Il ne le méritait certainement pas.

Mais je ne pouvais pas m'en empêcher.

Bon sang, il était tellement sympathique ! Et qu'il soit également un sale type qui me retenait contre ma volonté, un criminel, capable d'une grande violence aurait dû être rédhibitoire. Mais ça ne l'était pas. Peut-être parce que je venais d'une longue lignée d'hommes comme lui. Et si on tombait amoureuse d'un homme qui était exactement comme notre père, alors Vlad faisait l'affaire.

Il n'était peut-être pas italien, mais le reste était là.

Dangereux. Puissant. Malin. Inflexible.

Et pourtant merveilleusement protecteur et tout aussi gentil.

Je le regardai.

— Tu es mignon avec un chaton aussi, lui dis-je. Mais je ne pense pas que ça veut dire que je coucherai avec toi.

Il me lança simplement un sourire narquois.

— Ça viendra, *zaika*. Tu me supplieras. Et ça te plaira.

Vlad

APRÈS LE DÉPÔT initial d'un quart de million, je reçus un virement pour le solde des six millions de la part des frères d'Alessia. Tout le solde.

C'était un geste malin de leur part. Me donner la somme globale d'un coup et exploiter ça pour faire en sorte que je la renvoie.

Ça ne fonctionnerait pas, bien sûr.

Je refusai de me sentir coupable.

Alessia

PELOTONNÉE sur le confortable canapé en cuir noir dans la salle de séjour somptueuse de Vlad, je m'exerçai à parler russe avec le dico.

Mika ricana devant mon accent.

Je répétai, guettant son approbation jusqu'à ce qu'il hoche la tête.

Cela faisait trois jours que nous étions arrivés et nous avions établi une routine pour ses cours particuliers. J'enseignai pendant quelques heures puis il m'aidait avec mon russe. J'avais le dico et aussi une appli de traduction. Vlad avait étonnamment trouvé comment me donner une tablette qui n'accédait qu'à certains sites internet, et je ne pouvais pas m'en servir pour autre chose. Je n'arrivais pas à trouver comment il avait fait, mais je pensais qu'il devait être féru de technologie. À la manière dont ses doigts volaient sur les touches de son ordinateur portable, il semblait absolument dans son élément.

Il travaillait de longues heures dans son bureau, penché sur son ordinateur portable ou faisant les cent pas avec son portable à l'oreille.

Les après-midi, il m'emmenait au lac... mon moment préféré de la journée. La veille, j'avais découvert qu'un banc de jardin avait été placé dans un lieu ombragé à mi-chemin du lac.

— C'est pour moi ? avais-je hoqueté quand nous étions tombés dessus.

Vlad avait conservé son masque de russe stoïque.

— Repose-toi, m'avait-il ordonné, plutôt que d'admettre cet acte de gentillesse.

Je m'étais assise, parce que j'avais bien besoin de me reposer, puis m'étais décalée sur le côté et avais tapoté la place à côté de moi. Quand il avait pris place, je l'avais embrassé sur la joue.

— Merci.

Il n'avait pas répondu.

— Ce n'est pas grave d'admettre qu'il y a en fait un gars sympa sous la façade de sale type que tu arbores, lui avais-je dit.

— Non, avait-il ronchonné. Il n'y a absolument pas de gars sympa. Je ne veux simplement pas que tu meures d'épuisement.

C'était ce qu'il avait dit, mais quand nous étions arrivés au bord de l'eau, j'avais trouvé une autre surprise. Une de ces balancelles rustiques avait été placée juste à côté du rocher sur lequel je choisissais de m'asseoir habituellement.

Parce que je ne voulais pas être touchée par les efforts de Vlad, j'avais augmenté mes exigences et mes réclamations. J'avais besoin de nouvelles musiques. De nouveaux vêtements... quand m'emmènerait-il faire du shopping ? J'avais besoin d'un Kindle et de romans d'amour. Je voulais envoyer des lettres à la maison.

Il ne cédait sur rien, ni ne s'agaçait. Il gardait simplement son expression neutre et lançait des ordres pour que je me tienne tranquille.

Je glandais sur la tablette, essayant de hacker pour aller sur internet. Sérieusement, s'il avait trouvé un moyen de la limiter, je pourrais trouver le moyen de le contourner.

— Quel est le mot de passe du WiFi ? demandai-je à Mika tranquillement.

On ne savait jamais. Je pouvais le tromper en agissant comme si c'était une requête normale.

Pas de chance.

Le jeune garçon grimaça et ses oreilles rougirent. Je me sentis mal d'avoir demandé.

— Je plaisante. Puis-je emprunter ta tablette ?

Je tendis la main comme si je m'attendais à ce qu'il me la passe.

Il la serra contre son torse.

— La mienne n'a pas d'accès non plus, dit-il.

Je n'arrivais pas à dire si c'était vrai ou pas. Mais ça tomberait sous le sens. Vlad ne devait pas se fier à Mika pour me refuser son aide, surtout que je ralliais chaque jour davantage le jeune garçon à ma cause.

— Seulement des jeux et la télé.

Je soupirai et Mika rougit encore un peu. J'étais une garce parce que je lui avais en somme demandé de trahir la figure paternelle à laquelle j'avais espéré qu'il se lie. C'était très mal de ma part.

— C'est bon, lui dis-je. Je ne veux pas que tu te sentes piégé entre nous deux. Ce n'est pas juste envers toi.

Mika me regarda, son regard bleu vert empreint de sérieux.

— Vlad dit qu'il te laissera partir, dit-il.

Je hochai la tête.

— Je sais. Je le crois. Et toi ?

Mika déglutit, mais hocha la tête. Puis il haussa les épaules.

— Mais je ne le connais pas très bien. Seulement depuis quelques mois maintenant.

— Je suis sûre qu'il est dangereux, dis-je. Mais pas pour nous.

Je nous pointai du doigt.

Mika m'étudia attentivement, comme s'il mesurait la vérité de mes paroles. Puis il hocha la tête.

Dehors, j'entendis le gravier crisser lorsqu'un gros camion entra dans la cour. J'allai à la fenêtre pour regarder. Le conducteur s'arrêta, puis recula pour tourner. Ce devait être un idiot, parce qu'il recula bien trop rapidement et percuta sérieusement une des voitures dans l'allée circulaire.

Les hommes sous le porche crièrent. Les gars de la sécurité sortirent en nombre de tous les côtés, déferlant autour du véhicule. Je regardai un instant, fascinée, pensant que ça ferait une excellente invasion de style cheval de Troie.

Puis une idée me traversa l'esprit.

Je n'avais pas besoin que des hommes armés se déversent du camion. Tout ce dont j'avais besoin, c'était de cette distraction. Personne ne gardait la porte d'entrée en ce moment.

Mika se leva pour regarder aussi par la fenêtre.

— Va chercher Vlad, lui ordonnai-je.

À l'instant où il fut hors de vue, j'enfilai mes baskets et courus vers la porte.

C'était une sorte de miracle… personne ne me remarqua. Ils étaient tous rassemblés autour de l'accident, à brailler. Vlad était déjà dehors aussi. Il avait dû sortir par une autre porte. Je passai derrière les haies et me déplaçai rapidement, restant près de la demeure jusqu'à ce que j'arrive au bout, puis je filai vers les arbres.

La maison de Vlad était à la campagne. Je devrais marcher pendant un moment, ce qui craignait avec mes troubles rénaux parce que ça me coupait le souffle. Mais peut-être qu'une fois que j'aurais atteint la route principale, je pourrais héler une voiture. Ne pas parler russe était un autre sérieux accroc dans mon plan, mais j'avais mémorisé le mot pour « à l'aide » en russe – *pomogite* –, je me contenterais de le répéter jusqu'à ce qu'ils trouvent comment m'aider.

Une demi-heure plus tard, j'étais en sueur et fatiguée mais sur la route principale. Je n'osai pas m'arrêter. Haletant d'épuisement, j'agitai la main vers toutes les voitures qui passaient, essayant d'en arrêter une alors que je trottinais le long de la route.

J'espérais avoir l'air désespérée et pas à ma place de sorte que cela incite quelqu'un à s'arrêter pour découvrir ce qui n'allait pas chez moi.

Puis j'eus vraiment de la chance parce qu'une voiture de police s'arrêta et deux hommes en sortirent.

— Dieu merci, dis-je. *Pomogite. Pomogite.*

Ils jacassèrent en russe à mon adresse avec une intonation austère. Leurs visages étaient durs et colériques.

Je pointai la route vers la maison de Vlad.

— *Zaklyuchennyy.*

C'était le mot pour « prisonnière ». Enfin, j'espérais que je le disais correctement. C'était un autre de ceux que j'avais mémorisés en cas d'évasion.

Ils le répétèrent.

— *Zaklyuchennyy* ?

— *Da* ! répondis-je en hochant la tête avant de pointer frénétiquement du doigt la demeure de Vlad. *Zaklyuchennyy.*

Nous devions ficher le camp de cette grande route

avant que Vlad ne comprenne que j'étais partie et ne vienne me chercher.

Ils parlèrent rapidement entre eux, puis l'un d'eux prit sa radio.

— Oui, allons-y.

J'allai à leur voiture et ouvris brusquement la portière arrière, grimpant sur le siège.

— *Nyet*, blablabla, me réprimanda l'un d'eux en russe.

— *Da*, insistai-je.

Ils se parlèrent encore, puis l'officier à côté de moi se pencha et hocha la tête en disant quelque chose. Il claqua la portière et s'adossa contre.

Allez, bon sang !

Qu'ils grimpent dans la voiture et m'emmènent au commissariat. Nous devions appeler mes frères, me mettre dans un avion pour quitter ce continent. Rapidement.

Je frappai à la vitre.

Le flic m'ignora, le dos pressé contre cette fichue vitre. Je ne pouvais même pas ouvrir la portière pour attirer son attention, désormais. Je tapai encore.

Pas de réponse.

Mince. Les flics avaient probablement été achetés par la *bratva* en Russie. Ce qui signifiait que j'étais fichue.

J'essayai d'ouvrir la portière, mais le corps du flic me bloquait. Je glissai vers l'autre côté et, surprise, surprise ! l'autre flic avait bloqué celle-là aussi.

Un autre véhicule approcha, puis s'arrêta en hurlant, faisant crisser ses pneus.

Zut. Ce devait être Vlad.

J'entendis sa voix colérique, puis le flic se déplaça.

Oh bon sang.

La portière s'ouvrit brusquement.

Je fixai un Russe très en colère.

— Viens.

Il me fit signe.

J'appréciai qu'il me malmène moins, mais je n'allais pas lui rendre la tâche facile.

Juste au cas où il n'aurait pas les flics dans sa poche et que j'aurais mal interprété la situation, je criai encore : « *Zaklyuchennyy* ! », aussi fort que possible.

Vlad me lança un regard noir.

— Qui m'a appelé, à ton avis, *zaika* ?

D'accord. Je m'en doutais.

— Maintenant, sors. Si je dois te soulever, ta punition sera bien pire.

Mon estomac papillonna au mot « punition ».

J'avais la tête qui tournait un peu sous l'adrénaline. Mes mains tremblaient alors que j'attrapais la poignée pour m'aider à sortir.

J'avais peur, bien sûr. Je ne savais pas ce que Vlad me ferait.

Mais je n'étais pas terrifiée. Il n'était pas cruel. J'en étais sûre.

À l'instant où je fus debout, Vlad me balança sur son épaule et me porta jusqu'à la voiture. Je lui griffai le dos avec mes ongles, pas parce que je pensais que ça serait utile, mais parce que je ne voulais pas avoir l'air d'une satanée poupée de chiffon. Surtout pas devant ces bâtards corrompus et bons à rien de la police qui m'avaient renvoyée à lui.

Quand il me posa, je le giflai.

Ou en tout cas, j'essayai. Il esquiva à la vitesse de l'éclair et attrapa mon poignet.

— Non. Ne rends pas les choses pires pour toi. Tu as déjà de gros problèmes.

Vlad

Je poussai Alessia sur le siège passager de la voiture.

— Ne t'enfuis pas. N'ouvre pas cette fichue portière. Ne teste pas ma colère.

On aurait dit qu'elle redevenait ma prisonnière.

Je ne prétendrais pas que je n'aurais pas adoré la déshabiller et l'attacher. Je ne prétendrais pas que je n'aurais pas adoré l'avoir à ma merci.

Mais c'était une saleté d'énorme revers en ce qui concernait notre relation.

Et je n'arrivais pas à croire que je pensais seulement à ce mot. Nous n'avions pas de saleté de relation. Elle était ma prisonnière. Elle était peut-être ma femme, mais ce n'était pas par choix. Je le savais. Je devais arrêter de prétendre le contraire.

— Tu avais ton insuline avec toi ? demandai-je.

Je connaissais déjà la réponse. Elle avait que dalle sur elle, et c'était ce qui me contrariait vraiment.

Et si la police n'était pas passée ? Et si elle était restée là pendant des heures ? J'avais déjà vu à quel point son souffle était court quand elle marchait. Elle n'avait rien à manger sur elle, pas d'insuline. Elle aurait pu *mourir*, bon sang.

— Non, admit-elle en râlant.

Elle avait croisé les bras sur sa poitrine et agissait d'un air maussade, mais j'avais vu ses mains trembler quand elle était sortie de la voiture de police. Elle avait peur de moi.

Je retournai en trombe chez moi.

— Ne bouge pas, grondai-je quand la voiture s'arrêta.

Je sortis et fis le tour d'un pas raide. J'ouvris sa portière et la fis descendre. Je la hissai de nouveau sur mon épaule.

Des envies de tout contrôler.

Ouais, j'en avais.

Et alors ?

Avoir le contrôle sur Alessia m'enivrait. J'avais essayé de faire les choses correctement, de lui donner de l'espace, de la laisser s'adapter.

Maintenant, elle avait besoin d'une poigne ferme.

Il me semblait me souvenir que ça lui plaisait, alors je n'aurais pas à me sentir mal.

Je la portai dans ma chambre et la déposai sur ses pieds. Les chatons tombèrent de leur panier en miaulant, mais nous les ignorâmes. Soutenant son regard, je débouclai ma ceinture et la sortis des passants.

Elle écarquilla les yeux et tomba en arrière, le souffle court.

— Enlève tes vêtements.

Mon ordre fut court et sec.

Elle devait sincèrement avoir peur, parce que je vis son attitude de défi disparaître. Elle fit passer son tee-shirt par-dessus sa tête et le jeta sur le sol. Ensuite, elle enleva ses baskets. Puis le jean tomba.

— Tout, ordonnai-je quand elle s'arrêta.

Les lèvres serrées, elle défit son soutien-gorge et le laissa tomber sur le sol. Je n'attendis pas la petite culotte. Je décidai que je voulais la lui enlever moi-même. Je tendis la main vers elle et elle tressaillit, mais j'attrapai son poignet et attirai son corps contre le mien.

— Mains jointes, murmurai-je, comme si c'était l'amour et pas la guerre.

Peut-être que ça l'était.

Ses seins nus frôlèrent mes côtes. Elle haletait, les yeux dilatés.

Pas contractés. La peur faisait contracter les pupilles. L'excitation les faisait dilater.

Ma verge, déjà gonflée dans mon jean, grossit encore.

Je levai ses poignets, mon contact était doux désormais. Sans détourner le regard de ses charmants yeux de biche stupéfaits, je lançai une extrémité de ma ceinture par-dessus le chevron au plafond et tirai l'extrémité de la sangle par la boucle pour qu'elle soit bien serrée.

Je levai ses poignets vers l'extrémité de la ceinture.

— Tiens cette sangle. Si tu la lâches, je la défais et je l'utilise sur ton derrière. Compris ?

— Vlad.

Il y avait un ton de supplication dans sa voix que j'aimais assez.

Je plaçai un doigt replié sous son menton.

— As-tu compris ?

— Bien. Oui. J'ai compris.

Elle leva les mains pour agripper l'extrémité de la ceinture. Cela haussa ses seins et les écarta de la plus attirante des manières.

Je passai les pouces dans sa petite culotte et pris mon temps pour la faire descendre lentement alors que je m'accroupissais devant elle. Elle souleva les pieds pour la retirer et je lui donnai une tape sur les jambes.

— Écarte-les, *printsessa*.

Elle les sépara de trente centimètres. Je frappai plus haut, touchant l'intérieur de ses cuisses.

— Plus largement.

Son ventre frissonna alors qu'elle les ouvrait davantage.

Je passai deux doigts entre ses cuisses, satisfait de découvrir qu'elle mouillait.

— Tu es excitée par ta punition.

Elle émit un son de protestation, mais ne parla pas.

Je la frappai légèrement sur le clitoris et elle miaula doucement, refermant les jambes.

— Ouvre-les.

Ma voix exprima assez clairement l'insatisfaction claire

pour qu'elle réponde instinctivement, écartant immédiatement les jambes.

Je me relevai, laissant traîner le bout de mes doigts contre l'intérieur de ses cuisses au passage, puis je pressai durement une de ses fesses. J'allai tranquillement derrière elle et agrippai ses hanches.

— Présente-moi ce derrière. Cambre-toi. Si tu restes en position comme une gentille fille, je n'utiliserai que ma main.

Cette fois, le miaulement fut sans ambiguïté.

Et adorable.

Je la frappai sur une fesse, durement.

Elle frissonna.

Je la frappai sur l'autre.

— Tu ne peux pas t'enfuir, Alessia, lui dis-je en tenant sa hanche d'une main et en utilisant l'autre avec plus de détermination.

Elle hoqueta et tressaillit sous la fessée, mais resta immobile. Je fis rougir la partie inférieure de son postérieur, appréciant l'élasticité de ses fesses sous ma paume, le son de mes coups dans la pièce silencieuse, le picotement satisfaisant de ma propre peau.

— Tu es ma femme. Tu resteras avec moi jusqu'à ce que je me lasse de toi.

Sa gorge émit de nouveau ce son de protestation.

J'arrêtai de la fesser et tendis la main pour prendre son pubis, utilisant ma prise pour attirer ses fesses contre mes cuisses. De l'autre main, je saisis sa gorge.

— Je t'ai prise comme tribut pour les vies qui m'ont été enlevées, lui rappelai-je. Je n'ai pas pris la vie de ton frère. Je ne prendrai pas ta vie. Tu vas me donner ce temps comme mon dû.

Elle s'immobilisa, quoique son pouls soit frénétique sous mon pouce. Son sexe était trempé aussi. Elle s'efforça de déglutir. Je caressai son intimité moite. Je déplaçai ma main de sa gorge vers un de ses seins, que je serrai durement.

— Alors sois une gentille fille. Accepte ta fessée.

Je frappai sur son intimité. Je lui empoignai les cheveux et lui tirai la tête en arrière sur mon épaule. Et une autre tape sur son intimité.

Elle gémit.

—Je sais que tu aimes recevoir des claques sur le sexe.

Un autre coup.

Je reculai et commençai une autre série sur son postérieur, faisant rosir ses fesses jusqu'à ce qu'elle se dandine sur ses orteils.

Puis je la récompensai par d'autres caresses.

— Tu te débrouilles très bien pour rester en place, *printsessa*, murmurai-je à son oreille. Très bien.

Mon index et mon majeur glissaient de haut en bas sur sa chair gonflée, s'arrêtant pour faire des mouvements circulaires autour de son clitoris.

— Quand tu seras prête pour que je te donne satisfaction, demande-moi.

Elle détourna le visage. Le rougissement de ses joues descendait jusque sur son cou.

—Je ne te ferai pas supplier. Je ne te forcerai même pas à t'excuser. Je mettrai ma bouche entre tes cuisses et te lécherai jusqu'à ce que tu hurles. Puis je te montrerai ce que je sais faire avec ma queue. Tout ce que tu as à faire, c'est de dire *da*.

Pendant tout le temps où je lui faisais cette promesse, je dessinai des cercles autour de son clitoris avec la pulpe de mon majeur.

Comme elle ne répondait pas immédiatement, j'arrêtai de la toucher.

— *Da*, répondit-elle rapidement.

Je n'étais pas un homme de foi, mais j'étais prêt à rendre grâce à Jésus, Mohammed et à toutes les autres figures emblématiques connues. Mon désir d'être à l'intérieur de cette femme était d'une immense violence.

Je tendis la main et l'enroulai autour de ses poignets.

— Tu peux lâcher, murmurai-je à son oreille.

Ses mains glissèrent sur la ceinture alors qu'elle relâchait sa prise. Je l'attrapai dans mes bras et la déposai sur le lit.

— Écarte les jambes, dis-je d'une voix rauque.

J'avais hâte de me régaler entre elles. Je glissai les mains sous ses fesses chaudes et les serrai alors que je la léchais.

Elle était enflammée… tellement sensible qu'elle décollait presque du lit chaque fois que ma langue entrait en contact. Je dus immobiliser ses hanches pour lui donner le plaisir qu'elle méritait. Je fis tourner ma langue autour de son clitoris, le taquinait en pointant. Je la pénétrai avec un doigt.

Je lui donnai un orgasme en moins de soixante secondes. Je me lançai dans un deuxième round.

Ce ne fut qu'à ce moment-là que je me fis assez confiance pour déboutonner mon jean et libérer mon érection. Elle avait posé les yeux sur ma verge, et elle la regarda, les joues rougies alors que mon poing glissait le long de mon membre palpitant.

Je me mis à genoux et la dominai de ma taille tout en me masturbant.

— Tu as un préservatif ?

Sa voix semblait presque timide.

C'était vrai. Un préservatif. Elle ne pouvait pas tomber enceinte, pour une raison ou pour une autre.

— *Da.*

Je reculai du lit, passai mon tee-shirt par-dessus ma tête

tout en marchant. Je pris un préservatif dans la commode, puis retirai mon jean et mon boxer.

Puis je ne pus plus me retenir. J'avais passé trop de nuits à la torture. Ma verge me faisait tellement mal ! Mon désir de me retrouver en elle était d'une force que je ne pouvais nier. J'étais bien plus une bête qu'un homme quand je retournai sur le lit. Je l'agrippai par la taille et la retournai sur le ventre, puis relevai ses hanches jusqu'à ce qu'elle se mette à genoux. Quand elle essaya de se mettre à quatre pattes, je forçai le haut de son corps à redescendre.

— Je veux ce derrière en l'air, lui dis-je en plaçant mon pouce sur la raie de ses fesses.

Elle laissa échapper un cri de protestation, mais il avait l'air plus émoustillé qu'autre chose.

Je la frappai sur le postérieur.

— Si tu quittes encore la maison sans insuline et un encas, je baiserai ce derrière sans rien.

C'était une menace vulgaire mais mon cerveau s'était arrêté de fonctionner à l'instant où elle avait dit oui. Les seules pensées qui me traversaient la tête en cet instant étaient *Baise-la maintenant. Baise-la fort. Baise-… la.*

Ouais, je mourais d'envie de l'avoir.

Je frottai le gland de ma verge sur son orifice et poussai.

Blyat, elle était étroite. J'avais à peine fait entrer mon gland bien qu'elle soit plus mouillée que l'océan.

Je poussai plus fort et elle miaula, haletante.

Je n'avais pas senti une fille aussi étroite depuis…

Oh mince.

J'attrapai ses longs cheveux brillants et les repoussai sur son épaule pour voir son visage.

— Alessia.

Ma voix était purement rocailleuse.

— Tu n'es pas vierge ? demandai-je.

Je ne pouvais pas empêcher l'inquiétude de résonner à travers mon accent marqué.

— Non, souffla-t-elle.

Je me détendis. Mais ensuite elle ajouta :

— J'ai déjà couché avec quelqu'un.

Je m'arrêtai de nouveau.

— Combien de fois ?

— Deux.

Je voulus rire.

Et pleurer.

Ma main caressa le creux marqué de son dos, fit le tour et joua avec ses mamelons. J'avançai encore un peu. La sueur s'amassa à la racine de mes cheveux sous la pression de devoir me retenir.

— Ça va, bébé ? demandai-je.

— Oui. C'est bon, Vlad. Continue.

J'agrippai ses hanches et la pénétrai profondément d'un coup.

Elle ne hurla pas. Son gémissement semblait heureux.

Quel fichu soulagement.

Enfonçant mes doigts dans sa chair, je laissai libre cours à ma passion, effectuant des va-et-vient. J'avais déjà la tête qui tournait, les testicules terriblement tendus et la verge dure. Je heurtai durement ses fesses de mon aine. Plus durement. J'aimais le son du contact que ça faisait, comme une autre fessée.

Elle devait aimer ça aussi, parce qu'elle gémissait et hoquetait, ses doigts agrippant le couvre-lit.

Je maintenais sa nuque, enfouissais ma main dans ses cheveux. Je massai l'arrière de son crâne de la manière qu'elle aimait, tout en la baisant si fort que le lit bougeait.

— Oh mon Dieu, gémit-elle. C'est tellement bon.

Satisfait que de ne pas être en train de lui faire mal, je me lâchai encore plus, tirant son postérieur en arrière à la rencontre de mes coups de reins brutaux. Son sexe était plus étroit qu'un étau autour de ma verge rigide, et je n'avais jamais ressenti une satisfaction aussi magnifique avant.

— Alessia, me retrouvai-je à haleter.

C'était comme une invocation. Je vivais quelque chose qui était plus que spirituel. Mon monde se brisait carrément.

— *Alessia.*

— Vlad, s'il te plaît. Oui. Oh mon Dieu.

J'étais bien trop brutal, mais je ne pouvais pas m'en empêcher. Je la pilonnai jusqu'à ce qu'elle hurle mon nom, jusqu'à ce que j'oublie qui j'étais.

Ce que j'étais.

Jusqu'à ce que les lumières explosent derrière mes paupières et que je jouisse comme un train emballé.

13

Alessia

JE L'AVAIS VRAIMENT SUPPLIÉ.

Je n'étais même pas gênée parce que cela avait été tellement bon que cela en avait valu la peine. En fait, je n'avais
aucune idée que le sexe pouvait être aussi incroyable. J'allais devenir accro. Je ne pourrais pas quitter la Russie parce
que mon corps voudrait rester asservi à Vlad.

J'étais baisée. Ha. Littéralement.

Surtout quand il devint soudain infiniment doux.

Sa verge palpitait encore entre mes cuisses. Nous
avions tous les deux joui. Nous avions tous les deux senti. Je
pensai que Vlad m'avait conquise, mais j'étais heureuse de
devenir sa conquête. Puis il me mit doucement sur le
ventre, suivant mon mouvement et me recouvrant de son
corps. Il écarta les cheveux de mon visage dans une caresse
et déposa des baisers le long de ma mâchoire, de mon
épaule. De mon dos. Pendant tout ce temps, il continua à
faire des va-et-vient avec sa grosse verge russe entre mes

jambes. Tranquillement. Il était l'océan et j'étais le bateau. Et c'était vraiment un voyage que je ne désirais pas finir.

Je gémis doucement.

— Est-ce que ça va, Alessia ? Je t'ai fait mal ? murmura-t-il, alors que ses lèvres s'attardaient toujours sur ma peau. Je suis désolé d'avoir été aussi brutal.

Cristo, cet homme allait m'achever. La tendresse après les hauteurs auxquelles il venait de m'envoyer était trop pour moi.

— Humm, fut tout ce que je pus donner comme réponse.

— Retourne-toi, demanda-t-il en se retirant pour me tirer par l'épaule et me mettre sur le dos. Je veux te regarder.

Il étudia mon visage. Ça ne me dérangeait pas non plus de le regarder : ses tatouages grossiers, ses muscles, sa masculinité extrême, son regard bleu glacial. Surtout la manière dont il me regardait en cet instant. Comme si j'étais la femme la plus belle de la planète.

Sa verge entra de nouveau en contact avec mon orifice, et je soupirai quand il me transperça. Il n'était qu'à demi en érection, mais c'était toujours tellement bon ! Alors qu'il allait et venait, il baissa lentement son visage vers le mien. Il hésita, planant au-dessus de moi.

Puis sa bouche descendit. Il prit possession de la mienne et y entra violemment.

Je gémissais contre ses lèvres. Je bougeais les miennes de concert avec les siennes. C'était bizarre que notre premier baiser arrive en dernier. Après tout le reste… La fessée. Le sexe oral. La baise. Tout sauf un rapport anal, en fait.

Eh bien, tout ce que je connaissais, ce qui n'était probablement pas grand-chose, comme il venait de le démontrer.

Le baiser continua. Ses lèvres me dévoraient. Ses dents effleuraient ma chair, sa langue plongeait et s'enroulait autour de la mienne.

Sa verge durcit de nouveau en moi.

Puis, abruptement, il rompit son baiser. Il reprit son souffle et baissa les yeux vers moi. Il me caressa la joue du pouce.

Je m'appuyai contre sa main.

— Ne bouge pas, murmura-t-il après un long instant.

Malheureusement, il se retira et alla à la salle de bains. Il revint sans le préservatif, portant un gant mouillé et ma trousse médicale. Il grimpa au-dessus de moi et me fit une petite toilette entre les cuisses alors qu'il déposait des baisers sur mes seins, sur ma gorge. Entre mes seins.

Puis il vérifia ma glycémie et embrassa l'endroit qu'il avait piqué.

Affamée, je roulai du lit et attrapai son tee-shirt pour le passer par-dessus ma tête.

— Non, non, aboya-t-il depuis le lit. Pas de vêtements pour toi. Tu as perdu tes privilèges.

Je n'arrivais pas à le prendre trop au sérieux. J'avais peut-être eu peur quand il m'avait ramenée, mais après la tendresse dont il avait fait preuve, je savais où j'en étais.

— Ah ouais ? ronronnai-je.

Je retournai sur le lit et enjambai sa taille.

Il agrippa mes fesses et souleva mes hanches pour me presser sur sa verge. Quand je frottai mes seins nus contre son visage, il grogna.

— Tu m'as là où tu me veux, n'est-ce pas ?

— Vraiment ? demandai-je innocemment.

Il attrapa ma mâchoire et m'attira à lui pour un autre baiser brutal.

— Je te donnerais probablement tout ce que tu demanderais en ce moment.

— Libère-moi.

Il appuya son front contre le mien.

— Pas ça.

— Laisse-moi appeler mes frères.

Il grogna et roula des yeux, mais sembla réfléchir.

Il allait totalement me laisser faire.

— *Nyet*.

Quoi ? Sérieusement ?

— Pourquoi pas ? demandai-je.

— Parce que ça va te rendre triste. Je veux te rendre heureuse en ce moment.

Bon sang. Il était difficile de protester face à cette logique, puisque j'avais pleuré la dernière fois que je les avais vus sur l'écran.

Ce gars était plutôt adorable pour un kidnappeur.

— J'ai bien une petite surprise pour toi, avança-t-il en prenant mon sein dans sa paume et en taquinant le mamelon du pouce.

Mon visage s'éclaira.

— Vraiment ?

— *Da*.

J'attendis, mais il continua à jouer avec mon mamelon. Finalement, il soupira, me souleva de ses cuisses et me mit debout.

— Je ne veux pas te laisser.

Il quitta le lit pour se lever.

— Alors emmène-moi avec toi, proposai-je vivement.

Il ferma les yeux et secoua la tête comme si ça lui faisait mal.

— Tu es soumise à des restrictions, *zaika*, me rappela-t-il en prenant ma nuque doucement pour m'attirer contre lui et déposer un baiser sur le dessus de ma tête. Je reviens tout de suite, je te le promets.

Il me lâcha et enfila ses vêtements, puis me laissa dans la chambre.

Je n'entendis pas la clé tourner dans la serrure.

J'allai vérifier.

Il l'avait laissée ouverte. Se fiait-il à moi pour lui obéir désormais ?

Ou n'était-il pas prêt à verrouiller la porte après ce que nous venions de partager ?

Dans tous les cas, c'était agréable pour moi. Je n'allai pas le tester en partant.

Je me mis sur le lit et m'allongeai sur le dos, fixant le plafond. La ceinture de Vlad pendait encore du chevron, ce qui me fit sourire. Mon corps bourdonnait sous les orgasmes, mes membres étaient détendus et cotonneux, ma peau sensible.

C'était ma vie désormais. L'épouse de Vlad, jusqu'à ce qu'il se lasse de moi.

Était-ce étrange que je pense que ce n'était pas si mal ? Cette partie de moi était heureuse de ne pas avoir le choix, d'être coincée avec cet homme dangereux et magnifique à huit mille kilomètres de chez moi.

Vlad revint peu après, portant un bol de yaourt avec des fruits et ma tablette, que j'avais laissée dans la salle de séjour.

— C'est ta surprise ?

— Non. Elle arrive. C'est pour te faire tenir jusqu'au dîner. Je sais que tu as faim.

Je pris le bol avec reconnaissance. J'avais faim, en effet. J'étais affamée.

— Comment le sais-tu ? demandai-je en levant les yeux vers lui tout en prenant une cuillerée.

Il haussa les épaules.

— Je te connais.

Je te connais.

163

Des mots simples. Un sentiment simple. Pourtant, je fus frappée à cet instant par le fait que ses mots étaient très vrais. Il me connaissait réellement. Ma propre mère ne connaissait pas mon rythme et mes besoins aussi bien que cet homme.

J'enfournai une autre cuillerée.

— Alors le dîner arrive ?

— *Da.*

— Et la surprise.

— *Da.*

— Est-ce que le dîner est la surprise ? supposai-je.

Ses lèvres tressaillirent.

— Peut-être.

Il ouvrit ma tablette et passa un doigt sur l'écran. Comme d'habitude, ses doigts œuvraient rapidement. Quelques instants plus tard, de la musique emplit la pièce. C'était Daft Punk – une des chansons que j'avais demandées. J'avais fait la liste la plus longue que j'avais pu imaginer, avec de nombreuses chansons et groupes obscurs, juste pour l'embêter.

— Ma playlist ? devinai-je. C'est la surprise ? Quand as-tu eu le temps de la télécharger ?

Il me regarda. Un amusement affectueux donnait un air doux et juvénile aux traits habituellement durs de son visage.

— Je l'avais sur mon ordinateur. Je l'ai simplement transférée.

— Merci.

Je pris la tablette et m'assis en tailleur sur le lit pour la faire défiler. Vlad avait trouvé toutes les chansons que j'avais demandées. Et il les avait chargées dans l'ordre exact où je les avais écrites.

La satisfaction me submergea. Et autre chose. Quelque chose de dangereux… le bonheur.

Trente minutes après le retour de Vlad, un coup résonna à la porte.

— C'est notre dîner, dit-il. Va attendre dans la salle de bains.

— Tu pourrais simplement me laisser porter des vêtements, protestai-je en bondissant du lit.

— *Nyet*. Pas de vêtements pour toi.

Il me frappa sur le postérieur et je filai hors de sa portée.

J'attendis dans la salle de bains jusqu'à ce qu'il m'appelle, puis j'éclatai de rire quand je vis ce qu'il y avait sur le plateau.

Des frites.

Faites maison, pas surgelées. Tout juste sorties de la friteuse.

— C'est ma surprise ?

Vlad hocha la tête.

— Tu as dit que tu aimais les frites. J'ai commandé une friteuse et Zoya les a préparées pour toi.

Je me mis à rire, puis soudain je me mis à pleurer.

— Alessia ? s'inquiéta Vlad en s'approchant rapidement de moi pour me prendre par les épaules. Qu'est-ce qui ne va pas ? Qu'y a-t-il ?

— Rien. C'est juste… c'est très gentil. Très attentionné. Et…

Je ne semblais pas pouvoir arrêter le flot de larmes inattendues.

— Je ne veux pas tomber amoureuse de toi, Vlad.

L'inquiétude apparut sur son visage. Nous nous fixâmes, tous deux apparemment terrifiés par ce que j'avais dit.

— Ne… dit-il entre ses dents serrées, comme si parler lui faisait mal. Ne dis pas ça, ou je ne te laisserai jamais partir.

— Je ne le dirai pas, répondis-je rapidement en me détournant.

Il m'attrapa, mais ne me retourna pas vers lui. Il passa simplement les bras autour de moi.

Quelques larmes roulèrent. Le vide s'abattit. Le vide, mais également un sentiment d'abandon. Je lui avais montré ma vulnérabilité. Il m'avait montré la sienne.

Une certaine tranquillité accompagnait ça. Il ne me lâchait pas. Mais il me tenait dans ses bras. Personne d'autre n'était parvenu à me posséder de la manière dont lui le faisait.

Ce n'était pas un hasard, n'est-ce pas ?

Je pris une inspiration tremblante. Je me retournai dans ses bras et posai la tête contre son torse puissant. Ses battements de cœur résonnaient contre mon oreille.

Je l'aimais.

C'était illogique et stupide, mais je supposai qu'on ne pouvait rien faire contre le cœur.

— Viens, dit-il en reculant, mais en me serrant toujours d'un bras. Essaie les frites de Zoya ou elle sera en colère contre moi d'avoir fait tout ce travail pour rien.

Je poussai un rire humide.

— Tu plaisantes ? Je vais manger jusqu'à la dernière de ces frites. Enfin, peut-être que j'en garderai pour Mika.

— Je te garantis que Zoya lui a préparé les siennes.

J'entendis un sourire dans la voix de Vlad, et je levai la tête pour le voir.

— Zoya est attachée à Mika, n'est-ce pas ?

— *Da.*

— Je le vois bien. C'est tellement mignon, étant donné qu'elle semble être une vieille femme grincheuse le reste du temps.

Vlad émit un petit rire.

— C'est une vieille femme grincheuse. Mais elle prend bien soin de nous.

Me tenant au-dessus du plateau, j'attrapai une frite et la plongeai dans le ketchup, qui semblait aussi être fait maison. Le goût était différent, mais pas mauvais.

— Humm. Elle prend vraiment bien soin de nous.

Vlad me frappa légèrement sur le postérieur.

— Mets-toi au lit. Je vais te donner à manger.

Je roulai des yeux, alors même que j'obéissais.

— Mes mains ne sont pas attachées, mon pote.

Il leva les sourcils.

— Je peux remédier à cette situation.

1 4

Vlad

— Combien de temps vas-tu me garder enfermée ici ?

Alessia me chevaucha sur le lit le matin suivant et mon cerveau se brouilla.

J'agrippai ses hanches et attirai son intimité sur ma verge qui durcissait. Elle se mit immédiatement à mouiller, se frottant contre moi. Ses seins juvéniles frôlèrent mon torse.

— Hum ? m'invita-t-elle à continuer.

Oh quoi ? C'est vrai, il y avait une question.

— Jusqu'à ce que je pense que tu as appris ta leçon.

Je pris son postérieur dans mes paumes, serrant sa chair épanouie jusqu'à ce que ma verge soit si épaisse qu'elle m'en faisait mal.

Alessia se pencha en arrière.

— Je ne m'enfuirai plus.

Sa voix était sérieuse et son ton taquin avait disparu. Cela ressemblait à une promesse.

J'attirai de nouveau ses hanches contre les miennes, mais elle m'agrippa les poignets pour m'arrêter.

— Je suis sérieuse, Vlad. Tu as ma parole. Je ne sais pas si ça signifie quoi que ce soit dans la *bratva*, mais dans ma famille, c'est important.

J'avais tendance à ne jamais croire la promesse d'une femme, qu'elle soit italienne ou russe, mais je ne le lui avouai pas.

— Pourquoi te croirais-je, *zaika* ?

— J'ai entendu ce que tu as dit hier. Tu aurais pu prendre une vie pour une vie. Celle de mon frère. Mais tu ne l'as pas fait. Tu ne fais que prendre ce temps auprès de moi. Je suis prête à honorer cet échange.

Ah, Alessia. Toujours généreuse. Toujours adorable.

Je levai la main et lui agrippai la nuque, baissant son visage vers le mien, et l'embrassai durement.

— À une condition.

Je fis rouler nos corps pour être au-dessus d'elle désormais.

— Quoi ?

Ses joues rougissaient, ses yeux brillaient.

— Tu es à moi dans ce lit maintenant. Tu ne te refuses plus. Je te veux, je te prends. Compris ?

— Mais je n'ai pas à supplier ?

Je me mis à rire. C'était surréaliste, la manière dont cette femme pouvait me faire rire.

— Tu *vas* supplier, *zaika*, la taquinai-je. Mais tu n'y es pas obligée.

Je me levai pour prendre un préservatif.

— Ne bouge pas, lui dis-je.

Elle resta là.

J'agrippai ses hanches et l'attirai au centre du lit.

— Tu es une femme parfaite, tu le sais ?

— Vraiment ?

La joie fit briller son visage. Elle était tellement expressive, tellement charmante.

— *Da*. Magnifique.

J'embrassai son ventre plat.

— Gentille.

J'y déposai un autre baiser.

— Drôle.

Je lui écartai les jambes et passai la langue sur son clitoris.

Elle cria et essaya de les refermer.

— Non, non. Garde ces jambes ouvertes ou je te donnerai une autre fessée sur ton joli derrière.

L'intérieur de ses cuisses tremblait, mais elle les garda ouvertes, s'arquant et détendant son bassin alors que je suivais l'intérieur de ses grandes lèvres de ma langue. Je la torturai jusqu'à ce que ses gémissements deviennent aigus et désespérés, puis je me déplaçai et déroulai un préservatif.

— Tu es à moi, grondai-je alors que je m'enfonçai en elle.

Elle ne le nia pas. En fait, elle enroula ses longues jambes autour de mon dos et m'attira profondément.

15

Alessia

— Pourquoi es-tu nerveuse, Alessia ?

Vlad me regardait attentivement. Il venait de raccompagner le médecin à la porte et se tenait dans l'embrasure. Il l'avait amené ici pour m'examiner et me faire faire une analyse de sang.

Le médecin avait semblé nerveux d'être là, comme si Vlad était une sorte de dignitaire. Je supposai que la *bratva* était respectée ici. Ou peut-être qu'il avait deviné que j'étais prisonnière et qu'il avait eu peur que j'essaie de lui demander de l'aide.

Bien sûr, il ne pouvait pas savoir qu'il se trouvait que cette prisonnière était incroyablement satisfaite sexuellement.

Je me triturai un ongle. Mes mains étaient moites et un nœud s'était formé dans mon plexus solaire. Cela faisait huit mois depuis le diagnostic d'insuffisance rénale de stade 3, et j'avais réussi à le cacher aux gens qui m'aimaient. C'était comme si ce n'était pas réel, si personne ne le savait.

Mais peut-être que ce médecin ne s'en rendrait pas compte. Cela dépendait des analyses de sang qu'il effectuerait.

— Qu'est-ce qu'il va vérifier ?

J'essayai d'avoir un ton décontracté.

Je dus échouer parce que Vlad plissa les yeux.

— Que sais-tu déjà ? Qu'est-ce qu'il va trouver ?

J'étais grillée.

Je dessinai un cercle avec mon orteil sur le tapis de la salle de séjour. Mika écoutait, posté sur le canapé.

— Est-ce que cela a un rapport avec la raison pour laquelle tu penses que tu ne peux pas avoir d'enfants ?

Je levai brusquement les yeux, me demandant comment il avait compris ça.

Il haussa les épaules.

— Le médecin m'a dit que le diabète ne devrait pas l'empêcher, c'est juste plus risqué.

J'avais froid et je transpirais en même temps.

— Dis-le-moi, Alessia.

Il y avait un ton suppliant dans la voix de Vlad que je n'avais pas entendu avant. Ce ne fut qu'à ce moment-là que je me rendis compte qu'il était un peu pâle.

— Est-ce le cancer ? demanda-t-il.

Mika posa sa tablette pour écouter, les yeux écarquillés.

Le cancer était la plus grande peur de tout le monde. Ce mot à lui seul provoquait la peur chez les personnes les moins émotives.

— Insuffisance rénale, répondis-je rapidement, puisqu'il croyait déjà le pire.

Ou ce qu'il considérait comme le pire.

Il plissa le front.

— Bon sang. Une conséquence du diabète ?

Je hochai la tête.

— Je suis au stade 3. C'est au stade 4 qu'on doit faire des dialyses.

— C'est pour ça que tu as le souffle court ?

— Oui.

Il se frotta le front.

— Est-ce… Ce n'est pas…

— Ce n'est pas mortel, non. La prochaine étape, c'est la dialyse et trouver un donneur compatible pour une transplantation rénale. Mais je n'en suis pas encore là.

Vlad bondit là-dessus.

— Transplantation rénale. *Da.* Tu n'as pas besoin d'attendre une dialyse pour ça. Nous allons t'en trouver une maintenant.

— Non, dis-je en secouant la tête avec véhémence. Je ne suis pas prête pour ça. Ma famille… je ne leur ai même pas encore dit.

Vlad m'étudia un instant, assimilant cette nouvelle.

— Pourquoi ?

— C'est juste que je ne suis… pas prête.

— Tu ne veux pas y faire face. Tu ne veux pas que ce soit réel.

Le soulagement déferla sur moi quand il comprit.

— Oui. Exactement.

Toute cette histoire me faisait tellement flipper ! Gérer les émotions de ma famille en conséquence, devoir rester forte contre leurs peurs, leur surprotection. Puis il fallait faire face à la transplantation rénale, être sur la liste de donneurs, chercher une correspondance. Et si nous n'en trouvions pas ? Toute ma vie pourrait être consumée par des espoirs brisés et des rêves amers.

Vlad s'approcha du canapé et s'assit à côté de moi, puis m'attira sur ses genoux.

— Tu n'es pas seule, *zaika*. On peut s'en occuper. Je

vais m'en occuper, d'accord ? Nous trouverons un donneur compatible, nous te ferons opérer et ta vie s'améliorera. Tu pourras avoir ces bébés que tu veux tellement. Aller faire des promenades plus longues.

Mes yeux me piquaient. J'enroulai une main au-dessus d'une des siennes et la serrai.

— Je ne suis pas prête, chuchotai-je.

Il hocha la tête.

— Je m'en occuperai. Tu seras prête quand il sera l'heure, me promit-il.

Je voulais le croire. Vlad était le genre d'homme qui accomplissait des choses impossibles. Comme kidnapper une princesse de la mafia et l'emmener en Russie. La faire tomber amoureuse de lui.

Et j'étais soulagée par sa réponse impassible… tellement différente de la manière dont ma famille sicilienne aurait réagi. Ou en tout cas, la manière dont je prévoyais qu'elle réagirait.

Et peut-être que trouver un donneur serait plus facile en Russie qu'aux États-Unis. Dieu sait que la corruption ici était partout. Peut-être que Vlad pourrait proposer beaucoup d'argent à un donneur ici. Ou tirer quelques ficelles pour me mettre en haut d'une liste. Il pourrait y avoir des avantages à être dans ce pays. À avoir Vlad dans mon camp.

Je me tournai et m'appuyai contre lui, cachant mon visage dans son cou. Il continua à me serrer dans ses bras, me caressant le dos et me massant le crâne.

Je savais que ce n'était pas un conte de fées. Vlad n'était pas mon prince. Il n'était certainement pas un preux chevalier en armure étincelante. Mais s'il pensait qu'il pouvait me soigner, peut-être qu'il le pourrait. Je laissai refluer une partie de la peur qui me dévorait depuis le diagnostic.

Je le laisserais me protéger des peurs que j'avais fuies pendant encore un petit moment…

Vlad

C'ÉTAIT UNE TERRIBLE IDÉE.

Alessia me lança un regard spéculateur alors que nous roulions en ville, assis à l'arrière de la limousine. Mika était sur le siège en face de nous, regardant à travers les vitres.

— Est-ce que tu m'emmènes faire du shopping ?

Elle essayait de deviner où je l'emmenais, et j'étais évasif.

Surtout parce que je pensais que c'était une énorme erreur.

Je me frottai le front.

— Si tu veux, oui.

Peut-être que je devais abandonner mon plan et simplement l'emmener faire du shopping. Rien ne rendait une femme aussi heureuse que lorsqu'on dépensait de l'argent pour elle.

Même si Alessia pouvait être différente, puisqu'elle venait d'une famille riche.

Je pourrais rendre Mika heureux, alors.

— Où allons-nous ? Pourquoi sembles-tu aussi tendu ?

La limousine arriva devant un bâtiment du gouvernement de l'ère communiste et s'arrêta. Alessia regarda par la vitre, puis son regard revint vers moi.

— Je pense que c'était une mauvaise idée, marmonnai-je.

— Qu'est-ce que c'est ?

Mika lut le panneau.

— Un orphelinat.

Les sourcils d'Alessia s'envolèrent.

— Qu'est-ce que nous faisons ici ?

Je me frottai la main sur le visage.

— Nous ne sommes pas obligés d'entrer.

— À quoi pensais-tu ? demanda-t-elle en posant une main sur mon bras.

— J'ai simplement pensé... commençai-je en soupirant. Que tu aimerais peut-être prendre des bébés dans tes bras. Les bercer. Ils ont besoin de volontaires. Mais je ne veux pas te rendre triste. Je pense que c'était une mauvaise idée.

Alessia ouvrit brusquement la portière et sortit. Je bondis pour la suivre. Pourquoi avais-je l'impression que ma gorge se serrait ?

— Je veux absolument être volontaire, dit-elle gaiement, comme si je l'emmenai dans un parc d'attractions, ce qui aurait été une bien meilleure idée. Allons-y.

Elle attrapa ma main et me tira vers la porte.

Mika sortit de la limousine et nous suivit.

— Pourquoi voudrais-tu être volontaire ? demanda-t-il.

— Entre, allons le découvrir.

Elle ouvrit la porte et regarda Mika par-dessus son épaule.

Il n'était clairement pas enthousiasmé par ce plan. J'avais encore des doutes aussi, même si la réaction d'Alessia était positive.

Elle serait peut-être horrifiée par ce qu'elle trouverait là-dedans. Si je me basais sur les chatons, elle demanderait probablement que je les adopte tous. Et tout ce que je savais vraiment, c'était que je ne voulais pas la voir de nouveau pleurer.

J'avais vérifié à l'avance et je pensais que cet endroit avait l'air propre et assez correct pour ce que c'était, mais elle était américaine. Elle pourrait trouver les conditions à l'intérieur déchirantes. Mais j'espérais que cela pourrait devenir un projet auquel elle tiendrait profondément. Quelque chose pour la garder ici. Quelque chose pour lui donner un but.

Mon portable sonna et je m'arrêtai quand je vis que c'était Victor. Je levai un doigt vers Alessia, qui s'arrêta et attendit. C'était un simple échange. De base. Humain.

Et pourtant, cela me frappa instantanément.

C'était comme si elle était une petite amie ou une épouse. Une véritable épouse. Pas une princesse kidnappée de la mafia. Pas une prisonnière.

Son visage était ouvert, gentil. Elle attendait patiemment alors que je passais le pouce sur l'écran pour répondre à mon *pakhan*.

Victor avait des questions et des exigences, comme toujours. Entendre sa voix me tapait sur les nerfs, même s'il était ce qui se rapprochait le plus d'une famille pour moi maintenant que ma mère était morte.

— J'ai besoin de toi ici, à Moscou, Vlad. De façon permanente.

— Je suis toujours disponible pour toi. Je réponds à tes appels, nous parlons tous les jours. De quoi s'agit-il ? Fais-tu confiance à mon travail ?

— Tu sais que oui, c'est pour ça que j'ai besoin de toi.

C'était le fossé entre les générations. Ou peut-être juste le résultat de sa paranoïa en tant que leader de la fraternité. Il aimait voir les visages des gens. Flairer les mensonges. Peut-être que je devais lui apprendre comment faire des vidéoconférences.

— J'ai géré tout ce dont nous avons parlé hier.

— Tu es trop occupé avec ton épouse-otage pour gérer mes affaires, m'accusa-t-il. Les femmes ont toujours été ton point faible, Vlad. Vais-je devoir faire le ménage avec celle-ci aussi ?

Je me hérissai.

— Sabina était une erreur. Celle-ci, c'est du business.

Je lançai un coup d'œil à Alessia, et le mensonge m'envoya de la bile dans la gorge.

C'était une bonne chose qu'elle ne parle pas le russe.

Mais Mika fronçait les sourcils. Il me lançait un regard noir, en fait. S'il avait été adulte, j'aurais dit qu'il voulait m'envoyer un coup de poing dans la figure. Je secouai la tête et pointai le téléphone, essayant de lui faire comprendre que je ne faisais que raconter des histoires à Victor. Ce que le patron avait besoin d'entendre pour me lâcher.

Les membres de la *bratva* avaient l'interdiction de se marier, alors j'avais déjà enfreint le code. Infraction qui était passible de mort.

— Sabina est sous ma protection maintenant, m'informa Victor.

Hum. D'accord. Eh bien, qui en avait quelque chose à cirer ? C'était une veuve noire qui s'en prenait aux hommes pour obtenir ce qu'elle voulait.

— Elle te mène par le bout du nez maintenant, hein ?

Je n'aurais pas dû dire ça. Je ne devais pas lui manquer de respect. Je n'étais pas énervé qu'il ait une nouvelle femme après la mort de ma mère. Il avait eu une multitude de femmes depuis le début. Ma mère n'était que l'une de ses innombrables maîtresses. Et je n'étais même pas censé avoir de mère, d'après le code de conduite des voleurs, mais parce que ma mère était celle qui m'avait associé à Victor, il avait laissé passer ce lien du moment que je le cachais à tous les autres.

— Tu seras respectueux quand tu la verras, dit-il d'un ton sec.

Comme si elle méritait mon respect. Cette femme m'avait manipulé. Elle m'avait séduit sans me dire qu'elle appartenait à Zima. Puis elle avait prétendu qu'elle était enceinte et m'avait demandé de tuer Zima pour la libérer. Quand j'avais refusé, elle avait tout avoué à Zima pour qu'il me tue.

Mais étant donné que Zima était mort et que j'avais été rappelé d'Amérique, je devinai qu'elle avait manipulé Victor pour qu'il fasse son sale boulot quand j'avais refusé.

— Comme tu voudras, *Pakhan*, acquiesçai-je cependant.

On ne contrariait pas Victor. Sur quoi que ce soit.

Dernièrement, j'attachais plus de valeur à ma vie qu'avant.

— Tu vas venir à Moscou, dit-il.

J'entendis la détermination dans sa voix. Je l'avais irrité. Maintenant j'allais payer.

— Tu vas venir et amener cette fille pour que je puisse voir cet animal de compagnie que tu as maintenant. Et l'orphelin que tu as ramené de Chicago. Puis nous discuterons de ton avenir.

Blyat.

— Comme tu veux.

— Demain, dit-il fermement.

— Nous serons là demain.

Je raccrochai et fermai les yeux.

— Qu'y a-t-il ? demanda Alessia.

Comme je ne répondais pas, ce fut Mika qui le fit.

— Il doit aller quelque part.

— *Nous* devons, corrigeai-je.

Bon sang. Je ne voulais amener aucun d'eux à proximité de Victor. J'aurais préféré ne pas être responsable de Mika. Au début. Mais maintenant qu'il était mon pupille depuis quelques mois, l'idée de le confier à quelqu'un d'autre me mettait mal à l'aise. Et Victor voudrait le jeter dans les rangs les plus bas de la *bratva*. Lui apprendre à voler, assassiner et mentir. Tout comme il l'avait fait avec moi. Maintenant, j'aurais souhaité avoir passé plus de temps à apprendre le hacking à Mika. J'aurais pu faire croire alors à Victor qu'il était plus utile avec moi.

— Ce soir, nous nous envolons pour Moscou.

Alessia se redressa. Que ce soit parce qu'elle voyait le voyage comme une meilleure occasion de m'échapper ou parce qu'elle en avait marre d'être enfermée dans ma propriété, je n'aurais su le dire.

— Allons-y, dis-je laconiquement en levant le menton vers la porte.

J'avais de plus gros problèmes maintenant que de savoir si mon épouse serait contrariée de voir des orphelins russes.

J'avais appelé à l'avance, alors je demandai la directrice qui se mit en quatre pour nous satisfaire. Elle nous mena dans un couloir froid et humide vers une grande salle emplie de vingt berceaux. Et d'un rocking-chair.

Un rocking-chair vide.

Les bébés pleuraient et la pièce sentait l'urine. Deux travailleuses épuisées ramenaient des bébés d'une salle de bains dans leurs berceaux.

La directrice pointa du doigt un des bébés récemment déposés dans le berceau.

— Celui-ci est propre.

Elle prit le nourrisson qui pleurait – je ne pouvais pas dire si c'était un garçon ou une fille – et le tendit à Alessia. Prenant un biberon dans le berceau, la directrice le lui tendit également.

Le regard sur le visage de Mika montrait de l'horreur pure.

Alessia aussi avait l'air choquée.

— C'était une mauvaise idée, dis-je à haute voix. Venez, nous partons maintenant.

Mon accent était plus marqué parce que j'étais tendu.

— Non, attends ! dit Alessia en bondissant sur place et en faisant de petits bruits pour calmer le bébé. Je veux rester. Vous pouvez y aller. Revenez me chercher dans deux heures.

Ça ne va pas, non.

Je lui lançai un regard mauvais pour lui montrer que je ne lui faisais pas du tout assez confiance pour la laisser seule une seconde, mais elle regardait le visage du bébé avant de babiller d'un ton doux. Le bébé se calma et gazouilla.

— Tu veux du lait ? lui demanda-t-elle, reculant pour s'asseoir sur le rocking-chair et approchant le biberon de la bouche du bébé. As-tu faim, mon ange ?

Il était difficile de croire qu'elle envisageait de s'échapper en cet instant. Elle était complètement absorbée par ce bébé.

Je lançai un coup d'œil à mon téléphone. J'avais des dispositions à prendre pour notre vol et notre logement de ce soir-là à Moscou.

— Tu restes. Assure-toi qu'elle n'essaie pas de partir, dis-je en russe à Mika.

Il plissa le nez, mais hocha la tête. J'oubliai qu'il avait déjà été en bas de la *bratva*. Il n'avait peut-être pas encore tué, mais il avait certainement connu la violence.

Je lui serrai l'épaule.

Impossible que je laisse Victor prendre le gamin.

Et je mourrais avant de le laisser me séparer d'Alessia.

ALESSIA

. . .

J'essayais de ne pas pleurer parce que je savais que cela ébranlerait Vlad.

L'orphelinat me brisait le cœur. Bien sûr. Ces bébés ne recevaient pas assez d'amour ou d'attention, et ne passaient pas assez de temps en dehors de leurs berceaux. En tout cas, ils semblaient propres, nourris et en relative bonne santé.

Les travailleuses me regardaient nerveusement, comme si j'étais une inspectrice du gouvernement qui allait distribuer de mauvais points, mais c'était compréhensible. J'étais américaine, amenée par un membre dangereux de la *bratva*. J'étais sûre qu'elles ne savaient pas quoi faire de toute cette situation. Je nourrissais le bébé dans mes bras. Je ne voulais pas le poser, mais il y avait d'autres bébés qui pleuraient et qui avaient besoin d'attention, alors j'étalais une couverture sur le sol et posai le bébé dessus.

Une des travailleuses la pointa du doigt ainsi que le berceau où le bébé avait été couché.

— Je sais, répondis-je en anglais, même si elles ne comprenaient pas un mot. Mais les bébés ont besoin de temps en dehors de leur berceau aussi.

Pas que le sol en ciment soit un plaisir.

Je pris un autre bébé, trempé d'urine et d'excréments. Je supposai qu'ils n'utilisaient pas de couches, ici. Ils les laissaient simplement souiller les vêtements puis les changeaient. Je suivis les travailleuses à la salle de bains où elles déshabillaient et lavaient les bébés dans des lavabos géants. Elles n'étaient pas cruelles. Elles gazouillaient et chantaient en russe en travaillant. Mais il y avait simplement trop de bébés et pas assez de travailleuses.

C'était tragique.

Mais j'étais honorée d'être ici à habiller ce nourrisson.

Les bébés étaient incroyables. Si innocents. Si beaux. Si présents.

Ils ne jugeaient pas. Ils ne croyaient pas aux limites. Je levai le bébé vers ma poitrine pour un câlin. Il sentait si bon. Sa peau était si douce !

Et Vlad m'avait amenée ici parce qu'il savait que j'adorais les enfants. C'était tellement attentionné et touchant.

Il était difficile de croire que c'était un homme capable de meurtre et de violence.

— Mika, que fais-tu ?

Vlad avait quitté la pièce, mais le jeune garçon me filait.

Il me regarda, méfiant.

— Prends ce bébé et donne-lui un biberon. Va t'asseoir dans le rocking-chair et nourris-le, lui donnai-je comme instruction.

Mika donnait l'impression qu'il aurait préféré lécher du vomi sur le sol.

— Viens. Prends-le. Vois si tu peux comprendre pourquoi j'adore les bébés.

Je dissimulai mon sourire devant l'expression dubitative sur le visage de Mika alors qu'il me prenait des bras le nourrisson et retournai dans la salle à berceaux.

Le bébé pleura un peu, mais Mika trouva comment le faire manger assez rapidement. Le sourire triomphant qu'il me lança me réchauffa le cœur.

J'aidai à laver les bébés, à les nourrir et à les coucher pour la sieste et l'instant d'après, je découvris Vlad appuyé dans l'embrasure de la porte, à regarder.

Mika se précipita vers lui dès qu'il le vit.

— Est-ce que ça fait deux heures ?

Il hocha la tête.

— *Da.* Viens, *zaika.* Tu as probablement faim.

Il recommençait.

Je m'approchai et lui donnai un bisou sur la joue.

— *Spasibo*, le remerciai-je en russe. C'est le truc le plus bizarre et mignon que qui que ce soit ait jamais fait pour moi.

Il attrapa l'arrière de ma tête et m'embrassa sur les lèvres.

Mika traîna des pieds à côté de nous, à l'évidence gêné par cette marque d'affection.

— Ne me demande pas de tous les adopter, dit Vlad d'un ton bourru.

— Pouvons-nous faire quelque chose pour eux ?

Il fallait que je le demande.

— Leur donner de l'argent pour engager une autre travailleuse ? Leur acheter du matériel ?

— Nous ?

Son expression était indéchiffrable.

Je rougis.

—Je voulais dire *toi*.

—J'aime bien *nous*.

Il avait l'air sérieux. Comme si ça venait juste de le frapper que lui et moi pourrions être un *nous*. Ce qui tombait sous le sens, puisque c'était un simulacre de mariage.

Mes joues étaient encore chaudes.

— Pouvons-nous, alors ?

Il inclina la tête.

— Tout ce que tu veux, *printsessa*. Tu l'auras.

Ce n'était pas vrai, devais-je me rappeler. Si c'était vrai, il me laisserait appeler mes frères, me libérerait.

Mais je ne pus empêcher une effusion de sentiments agréables envahir mon cœur.

Cette impression que même si la vie craignait et qu'il y avait beaucoup de tristesse dans le monde, je n'étais pas seule. Il y avait quelqu'un prêt à se tenir à mes côtés.

16

Vlad

ÊTRE à Moscou me rappelait trop mon ancienne vie ici. La vie que je n'avais jamais voulu vivre. Toute la terreur et la colère de ma jeunesse, quand ma mère m'avait remis à Victor et à sa *bratva*, me submergeaient presque chaque fois que j'étais dans cette ville. Tout ce que je détestais en moi était ici aussi. C'était ici que j'avais tué pour la première fois. Que j'avais assisté à des meurtres, des tabassages et appris à voler.

Que j'avais décidé que, si je ne voulais pas rester au bas de l'échelle à revendre de la drogue et à jouer les proxénètes, j'avais besoin d'une compétence que peu possédaient. Alors j'avais appris à hacker, à blanchir de l'argent, à me rendre infiniment utile à Victor et aux autres *pakhans* de Russie.

J'avais apprécié le fantasme d'être dans ma propriété à Volgograd… celle dans laquelle je n'avais jamais habité jusqu'à maintenant. Jusqu'à Alessia et Mika. J'avais apprécié de prétendre que je pourrais être autre chose. Un mari. Un père, même, ou en tout cas un tuteur correct pour Mika.

Mais maintenant, en revenant ici à Moscou, tout me rappelait les ténèbres de mon passé.

Qui j'étais vraiment.

Et je ne voulais pas Alessia et Mika à proximité de ce panier de crabes. Je ne voulais pas les amener chez Victor, je ne voulais pas les salir avec ce que j'étais et ce que j'avais fait. Ni les exposer au mal que Victor représentait.

Victor, l'homme qui se rapprochait le plus d'un père pour moi.

Un homme que je haïssais mais aimais quand même d'une manière tordue.

J'avais réservé une jolie suite dans un hôtel en ville, pas loin de l'appartement de Victor.

Mika alluma la télévision.

Alessia se précipita pour ouvrir les rideaux et regarder la ville.

—Je veux voir Moscou, dit-elle.

Toujours avec ses exigences. C'était un jeu, maintenant. Elle ne s'attendait pas à ce que je dise oui, elle me taquinait. Comme une roue qui grinçait, se faisant entendre, me rappelant qu'elle se rebiffait franchement contre mon autorité.

J'aimais dire non autant que j'aimais dire oui parce qu'Alessia n'était jamais contrariée. Elle insistait, mais elle n'était pas une enfant gâtée. Et j'aimais dire oui parce qu'elle était toujours ravie… car elle ne s'y attendait pas, en fait.

J'aimais simplement être son autorité. Elle faisait ressortir un autre côté de moi, dont j'ignorais l'existence. Là où je m'étais senti terni et cruel presque toute ma vie, avec elle j'étais bienveillant. Oui, son dictateur bienveillant. C'était un rôle que je savourais assez.

— Peut-être demain, lui dis-je.

J'étais trop survolté pour accepter de la laisser sortir de la suite. J'avais besoin d'elle ici, où je pouvais la garder en sécurité.

— Puis-je sortir ? demanda Mika en russe.

C'était vrai. Il était de Moscou, lui aussi. Je plissai les yeux à son adresse.

— Où ? demandai-je en anglais.

Pas pour lui, mais pour Alessia.

Il haussa les épaules. Il avait perfectionné sa nonchalance. Il était difficile de savoir ce qui se passait dans sa tête. Je réfléchis. Il avait peut-être de la famille ici. Des grands-parents, des tantes, des oncles. Peut-être des amis.

— Qui vas-tu voir ?

Encore une fois, il haussa les épaules.

— Mika…

Je m'approchai de lui. Il tressaillit. Ce gamin avait été battu trop souvent.

— Dis-moi la vérité. Est-ce que tu t'enfuis ?

Sa surprise fut sincère.

— *Nyet.*

— As-tu de la famille ici que tu veux voir ?

Le code de conduite des voleurs requérait que les membres de la *bratva* renoncent à toute famille. Peut-être qu'Aleksi lui avait enfoncé ça dans le crâne après le départ de sa mère. Il avait peut-être peur de me le dire.

Un éclair passa sur son visage, qui m'annonça que j'étais près de la vérité.

J'enfonçai la main dans la poche et en sortis une liasse de roubles.

— Tu connais ton chemin dans Moscou ? demandai-je.

Alessia s'approcha, les mains sur les hanches. Elle n'aimait pas ça.

Les yeux de Mika tombèrent sur l'argent alors qu'il hochait la tête.

— Tu sais où nous sommes maintenant ? Comment arriver là où tu vas ?

Encore une fois, il hocha gravement la tête.

— Mika, où vas-tu ? demanda Alessia.

Il haussa de nouveau les épaules.

— Tu as ton téléphone ? Tu sais comment m'appeler ? lui demandai-je.

Il hocha la tête.

— Je n'aime pas ça, dit Alessia. Il n'a que douze ans. Tu vas laisser un enfant se promener dans cette ville seul la nuit ?

Mika trépigna, fronçant les sourcils.

Je l'étudiai. Le gamin avait vécu tout seul dans une ville étrangère. Il avait probablement parcouru ces rues depuis qu'il aurait dû aller à l'école.

Je lui tendis l'argent.

— Je veux que tu reviennes d'ici à vingt-deux heures. Appelle-moi si quoi que ce soit se passe mal. Compris ?

Mika hocha la tête.

— Mais où va-t-il ? Ne devrions-nous pas l'y emmener ? Je n'aime pas ça.

— Je vais revenir, lui assura Mika.

Puis il nous stupéfia en passant les bras autour d'Alessia pour l'étreindre rapidement et maladroitement. Nous regardâmes fixement derrière lui alors qu'il filait dehors, la tête baissée.

— Que crois-tu qu'il va faire ? me demanda Alessia.

— Je suppose qu'il va aller voir de la famille ou qu'il va retourner à l'endroit où il vivait avant. Le code de la *bratva* requiert que tous les membres coupent les liens avec leur famille, alors je suppose que c'est pour ça qu'il n'a pas voulu me le dire.

Alessia tapota ses lèvres d'un doigt.

— Mais tu avais bien une relation avec ta mère.

— Oui, acquiesçai-je. Ma mère était l'amante de Victor, mon chef. Elle m'a abandonné à sa *bratva* quand j'avais l'âge de Mika. Mais parce qu'elle était sa maîtresse préférée, j'étais autorisé à la voir parfois en secret. Et je recevais un traitement particulier. Victor m'a envoyé en Amérique plutôt que de permettre à un de ses hommes de me tuer.

— Pourquoi voulait-il te tuer ? Qu'as-tu fait ?

Je grimaçai.

— Je me suis fait rouler par une femme. C'est une histoire stupide.

Que je ne souhaitais absolument pas raconter à Alessia.

— Viens, continuai-je en lui faisant signe d'approcher, laisse-moi vérifier ta glycémie.

Je lui fis une injection et nous commandai à manger au *room service*. Assez pour Mika quand il reviendrait, au cas où il aurait faim.

Quand on frappa à la porte, je m'attendais à ce que ce soit le repas.

Je n'aurais pas imaginé que Sabina aurait le cran de se pointer devant ma porte.

Elle se tenait là, dans une robe bleue de marque et des talons aiguilles, embaumant le parfum et la tromperie.

— Vlad.

Elle balança ses longs cheveux blonds par-dessus son épaule et tenta d'entrer dans la chambre.

Je l'en empêchai.

Elle regarda nerveusement par-dessus son épaule.

— Tu vas vraiment me laisser dans le couloir où n'importe qui pourrait me voir ? Et si Victor le découvrait ?

Une rage noire m'envahit. Est-ce qu'elle jouait encore sérieusement à ce jeu-là avec moi ? Maintenant, elle voulait que Victor me tue ?

Ou que je tue Victor ?

Ça n'arriverait pas. Je ne coopérerais pas.

— Dégage d'ici avant que je ne l'appelle moi-même, grondai-je.

Je sentis Alessia derrière moi. Elle avait dû entendre le ton de ma voix. Le besoin de la protéger de ces saletés était tellement fort que je pris Sabina par le bras et la repoussai pour lui claquer la porte au nez, mais elle revint dans l'embrasure de la porte.

— Tu sais pourquoi je suis là. As-tu lu mes lettres ? Pourquoi ne m'as-tu pas aidée ?

— Bien sûr que non, je n'ai pas lu tes lettres. Et pourquoi est-ce que j'aiderais une femme qui a délibérément mis un arrêt de mort sur ma tête ? Je ne sais pas ce que tu veux, mais tu ne le trouveras pas ici. Maintenant, dégage.

Sabina aperçut Alessia et ses yeux s'écarquillèrent.

— Est-ce que ton épouse américaine est au courant pour notre enfant, Vlad ? demanda-t-elle dans un anglais très marqué.

Je n'avais aucune idée que cette garce parlait anglais.

J'alternai le chaud et le froid.

— Quel enfant ? grondai-je en russe. Celui que tu as inventé pour me convaincre de tuer Zima ?

La garce se tira de vraies larmes.

— Je ne l'ai pas inventée. Et j'ai dû la mettre dans un orphelinat pour lui sauver la vie. Pourquoi ne me crois-tu pas ?

— Dégage.

Elle dut lire mon envie de meurtre sur mon visage, parce qu'elle trébucha en arrière dans le couloir et je claquai la porte.

Je la fixai un instant tandis que mes oreilles bour-
donnaient.

Mon enfant dans un orphelinat ? Cela pouvait-il être
vrai ?

Non.

Ça ne l'était absolument pas. Cette femme était une
menteuse. Une manipulatrice de haut vol. Elle jouait à un
nouveau jeu, maintenant, et il impliquait certainement
Victor.

Et la dernière chose dont j'avais besoin à ce moment-
là, c'était d'être impliqué avec une femme dont Victor avait
pris possession. Je faisais de mon mieux pour sortir Alessia
de sa ligne de mire.

— Qui était-ce ? demanda Alessia derrière moi.

Sa voix était froide.

Blyat.

Les femmes.

ALESSIA

Qu'est-ce qui se passait, bon sang ?

Une blonde aux longues jambes s'était pointée à notre
chambre d'hôtel et Vlad était soudain devenu un autre
homme. En colère. Enragé, même.

Clairement, c'était son ex.

Clairement, elle signifiait encore quelque chose pour
lui ou il n'aurait pas été aussi énervé.

Il se retourna lentement et ferma les yeux.

— C'est la femme qui a failli me faire tuer. C'est une
garce sournoise, c'est tout.

— Visiblement, elle représente quelque chose pour toi ou tu ne serais pas aussi contrarié.

Moi-même, je ne me sentais pas très calme et sereine. Je tremblais et j'avais froid. Mes mains étaient moites. Mon estomac se nouait.

— *Nyet !* explosa-t-il, prouvant que j'avais raison. Elle ne représente rien. Si c'était un homme, je l'aurais tué pour sa ruse.

Il inspira profondément, comme s'il essayait de maîtriser sa colère.

— Est-ce vrai, ce qu'elle a dit ? Tu as un enfant avec elle ?

Cette femme l'avait dit en anglais, à l'évidence pour que je l'entende.

Je ne savais pas pourquoi ça me faisait aussi mal, mais c'était le cas. Cela me transperçait jusqu'à l'âme. Je supposai que c'était parce que je ne pouvais pas avoir d'enfant. Et peut-être que, cet après-midi-là, j'avais imaginé un fantasme stupide où Vlad et moi adopterions un enfant de cet orphelinat.

Vlad grinça des dents.

— Non. Elle dirait n'importe quoi. Je ne crois pas ses mensonges.

Mon estomac se noua davantage. Quelque chose là-dedans clochait.

— Mais tu n'en es pas sûr ? Tu ne crois pas que tu devrais t'en assurer ? Faire un test de paternité ou quelque chose ?

Vlad cligna des yeux. Son habituelle expression vide revenait.

— Je ne crois même pas qu'il y *ait* un enfant, dit-il. As-tu vu un bébé ?

Il agita la main impatiemment vers la porte, mais ses sourcils étaient froncés, comme s'il réfléchissait.

Comme s'il n'avait jamais envisagé que ce puisse être vrai.

Mais on frappa à la porte et Vlad répondit au *room service*. Il se tut pendant que nous mangions.

— C'était ta petite amie ?

Je ne pouvais pas arrêter de triturer cette blessure.

— Pas ma petite amie, dit-il sèchement. Juste du sexe. Très courte période. Je ne savais pas qu'elle appartenait à un autre membre de la fraternité. Nous avons baisé tout le week-end. Puis je ne l'ai pas vue pendant deux mois. Je m'en fichais. C'était du sexe, rien d'autre. Puis elle s'est pointée et m'a dit qu'elle était enceinte et que Zima allait les tuer, elle et le bébé, quand il découvrirait que c'était le mien.

Je posai ma fourchette, horrifiée.

Vlad continua :

— J'ai dit : « Comment sais-tu que c'est le mien ? » Elle a juré qu'elle le savait, mais je ne l'ai pas crue. Elle se jouait de moi. Elle m'a demandé de tuer Zima. Je pense qu'il était peut-être violent avec elle… je ne sais pas. J'ai refusé. Je lui ai donné de l'argent, je lui ai dit de s'enfuir si elle n'était pas heureuse avec lui, mais je ne voulais rien avoir à faire avec elle.

Je restai assise, le fixant, profondément perturbée. Je voyais très bien deux côtés dans cette histoire. Oui, cela donnait l'impression que cette femme avait essayé de l'utiliser pour échapper à une mauvaise situation. Et si elle lui avait demandé de tuer Zima, elle était tout ce qu'il disait d'elle. Mais je pensais également que Vlad avait une responsabilité s'il avait conçu un enfant. Et peut-être qu'il avait raison. Peut-être que c'était un mensonge.

Il le savait probablement mieux que moi.

Mais mes amies à l'université avaient une règle. Prête attention à la manière dont un gars parle de son ex, parce que ce sera comme ça qu'il parlera de toi quand ce sera terminé. Et la colère que Vlad affichait me perturbait. Il avait déjà fait des commentaires sur les femmes qui étaient sournoises et manipulatrices.

Je ne tenais pas à être mise dans le même sac le jour où il déciderait que j'étais exactement comme les autres.

— Tu ne me crois pas, dit-il d'un ton inexpressif.

Puis il secoua la tête et marmonna quelque chose en russe, se levant de la petite table où nous mangions.

— Qu'as-tu dit ? demandai-je vivement.

— « Les femmes », répondit-il sèchement.

Et voilà.

D'accord. Il était énervé. Je n'allais pas insister. J'aborderais le sujet quand il serait de meilleure humeur.

J'allai dans la salle de bains et fermai la porte, puis je commençai à remplir la baignoire. Je pris mon temps pour faire trempette, lui donnant de l'espace. Prenant le mien.

Vlad

MIKA ARRIVA À 21 HEURES, l'air contrarié.

— Que s'est-il passé ? demandai-je.

Il secoua la tête, avec un petit froncement de sourcils têtu.

— Mange un peu, lui dis-je.

Il s'avança vers la table et découvrit les plats, les palpant, toujours debout.

Je lui donnai quelques minutes, puis je m'approchai.

— Assieds-toi.

Je tirai une des chaises et me laissai tomber sur l'autre.

Mika s'assit. Je pouvais voir la détresse l'enserrant de toutes parts. Mais le faire parler était autre chose.

— J'ai grandi dans les rues de Moscou, moi aussi, avançai-je. Ma mère m'a remis à la *bratva*, comme la tienne.

Il leva les yeux, se méfiant mais m'écoutant.

— Je la hais encore pour ça.

Alessia leva les yeux depuis le canapé où elle lisait un des romans à l'eau de rose que je lui avais téléchargés après qu'elle eut insisté.

Mika baissa la tête, le menton tremblant.

Je ne le touchai pas. Je ne voulais pas empêcher ce qui allait sortir. Cela lui ferait du bien de parler plutôt que de le retenir.

— Ta mère est morte, commenta Mika.

Il y avait un tremblement dans sa voix. Il s'en souvenait parce que nous étions dans la même maison à Chicago quand elle était morte.

— Oui.

— J'aimerais que la mienne le soit.

— Elle a mal agi envers toi, acquiesçai-je.

J'attendis encore un peu. Mais comme il ne disait rien d'autre, je demandai :

— Tu es allé là où tu habitais avant ?

Il hocha la tête.

— Tu as encore de la famille là-bas ?

Il haussa les épaules. Secoua la tête. Puis avança :

— Ma grand-mère.

— Tu es entré ?

Son visage se déforma.

— Non.

Il pleurait ouvertement maintenant.

— Je l'ai vue par la fenêtre. Et je suis resté là. Je suis

resté là pendant longtemps. Mais je ne voulais pas y retour-ner. Je ne voulais pas la voir.

Maintenant, je le touchai. Je posai la main sur son dos.

— Tu n'es pas obligé. Tu n'es pas obligé de la revoir un jour, à moins que tu en aies envie. C'est ta vie. Ton choix. Tu m'as maintenant. Moi et…

Je regardai Alessia, mais je m'interrompis.

Je ne pouvais pas la garder.

Je ne pouvais pas promettre qu'il l'avait, elle aussi, alors que c'était un mensonge.

Elle rentrerait chez elle.

Dès que je trouverais comment la laisser partir.

— Tu m'as moi, répétai-je. Et tu as l'argent d'Alessia. Si quelque chose m'arrive, il sera encore à toi. Je te montrerai comment le récupérer. Et je ne laisserai pas Victor te ramener dans les rangs. Il essaiera peut-être, mais je ne le lui permettrai pas. Je te le promets.

Maintenant, je l'avais effrayé en énonçant mes propres peurs.

Il me regardait avec de grands yeux apeurés, puis il lança ses bras autour de moi et appuya sa tête contre mon torse.

Je déglutis et lui frottai le dos.

Alessia se leva du canapé et s'approcha. Elle frotta la tête de Mika.

Il leva les yeux, renifla en les essuyant.

— Je suis désolé, dit-il.

— Non, dis-je plus vivement que je n'en avais eu l'in-tention. Ne t'excuse pas. C'est mieux de faire sortir tout ça. Pour le laisser derrière toi. Laisser ça ici, à Moscou.

Je croisai le regard triste d'Alessia au-dessus de la tête de Mika, et je me rendis compte que j'étais bien enfoncé dans un territoire dans lequel je n'avais jamais voulu péné-trer. Le royaume des émotions. Je n'avais pas mis mon âme à nu devant qui que ce soit, encore moins devant un garçon de douze ans, depuis que j'étais enfant. Et pourtant j'en étais là, à faire tout ce que je pouvais pour m'assurer que Mika aurait plus de chances d'être un être humain correct que je n'en avais eu.

Et c'était à cause d'Alessia. Elle croyait que je pouvais… elle comptait sur moi pour le faire, alors je le faisais.

Je lui avais peut-être montré mon pire côté quand Sabina s'était pointée, mais elle m'avait aussi vu sous mon meilleur jour. Ce qui n'était certes pas grand-chose, mais c'était plus que je n'avais tenté durant tout mon passé sordide.

Je tendis la main et attrapai la sienne pour la serrer, et elle me rendit mon geste.

Pendant un instant, je prétendis que nous étions une famille étrange et improbable : Alessia, Mika et moi.

Mais je savais que ça ne durerait pas.

C'était impossible.

Je sentais déjà le souffle de la fin gronder autour de nous sans égard pour ce que nous accomplissions ce soir-là.

17

Vlad

J'ESSAYAIS de ne pas laisser transparaître la tension, mais Mika et Alessia remarquèrent mon humeur en allant chez Victor. Mika était pâle et abattu. Alessia ne cessait de me lancer des coups d'œil.

— Pourquoi dois-tu nous emmener, Mika et moi ? demanda-t-elle.

— Victor l'a demandé.

Je ne tournai pas la tête. J'aurais aimé lui tenir la main, mais je ne voulais pas qu'elle sente à quel point la mienne était froide. Je savais que les ennuis approchaient, je ne pouvais simplement pas déterminer ce que ce serait.

— Est-ce qu'il parle anglais ?

— Non. Tu es en sécurité. Ne dis rien. Aie l'air innocente. Je ne le laisserai pas te faire de mal.

Elle blêmit.

— Et Mika ?

Elle avait entendu ce que j'avais dit la veille, ma

promesse de ne pas laisser Victor s'emparer de lui. J'aurais dû la boucler. Maintenant ils étaient tous les deux inquiets.

— Je lui dirai que Mika est très précieux. Que je l'entraîne à hacker et qu'il a de grandes aptitudes pour ça. Victor sera ravi. Pour le moment, je suis irremplaçable. Et maintenant que ma mère est morte, je pense qu'il préférerait pouvoir me remplacer.

Mika m'observait attentivement. Quand je le regardai et levai les sourcils, il hocha la tête.

— Tu apprends vite, non ? Tu as déjà de grandes aptitudes pour un gamin aussi jeune.

Il eut l'air dubitatif.

— Victor ne s'y connaît pas. Il sait à peine utiliser un ordinateur. Je t'apprendrai ces choses. Je t'apprendrai tout ce dont tu as besoin pour survivre dans la *bratva*. Ou si tu ne veux pas, je t'aiderai à t'enfuir. À toi de choisir. Tu as des options. Et tu m'as moi. Ne l'oublie pas.

— Je veux rester et que tu m'apprennes.

La voix de Mika était claire et ferme.

Je hochai la tête.

— Bien. Alors on fera ça. N'aie pas peur.

— Je n'ai pas peur, mentit-il.

Nous arrivâmes à l'immeuble résidentiel de luxe de Victor et des gardes de la *bratva* à la porte nous firent entrer. Victor possédait tout le bâtiment, mais il avait fait du dernier son penthouse. Nous prîmes l'ascenseur et je frappai à la porte.

Un des membres de la fraternité répondit et m'accueillit.

— Il t'attend dans son bureau, dit-il en russe.

Il regarda Alessia avec intérêt, et je posai la main sur sa nuque et l'attirai plus près, démontrant ma possession.

Ici, elle ne pouvait pas être mon épouse.

Juste ma propriété.

— Ah, Vladimir, me salua Victor en se levant.

Nous nous serrâmes la main.

— Et qui est-ce ? demanda-t-il.

Victor se tenait devant Mika, baissant les yeux avec une expression chaleureuse de grand-père.

— Mikhael Popov.

Victor mit sa paume contre une des joues du jeune garçon.

— Brave garçon, à vivre seul en Amérique. Tu as tout ce que requiert la fraternité.

C'était le Victor dont j'avais tellement désiré l'approbation et l'attention quand j'étais petit. Celui pour qui j'avais tellement essayé de me rendre digne, de l'impressionner.

Mika ne fut pas si facilement conquis.

— *Spasibo.*

Victor sourit et se redressa, se tournant vers Alessia.

— Et voilà ta récompense italienne.

Je m'efforçai de ne pas resserrer ma prise sur sa nuque. Il dut remarquer ma férocité parce qu'il n'essaya pas de la toucher.

On frappa à la porte et Sabina entra.

— J'ai entendu dire que tu amenais une invitée américaine. Puis-je te l'emprunter ? Pour m'exercer à l'anglais ?

À Alessia, elle dit :

— Voudrais-tu te joindre à moi dans la cuisine pour boire un café pendant que les hommes discutent entre eux ?

Bon sang.

Je n'avais pas dit à Alessia que Sabina serait là et elle n'était pas douée pour garder une mine impassible. Sa surprise se lisait nettement.

— Elle est surprise par ton anglais, ma chère, dit Victor en serrant la main de Sabina. Oui, emmène la fille. Je suis sûr qu'elle sera heureuse d'avoir du répit après Vlad.

Je la lâchai avec réticence.

Je n'aimais pas ça. Pas du tout. Et je n'arrivais pas à trouver un moyen d'envoyer Mika avec elle pour qu'il garde un œil sur les événements.

— Ne t'inquiète pas, me dit Victor. Elle ne peut pas s'échapper de chez moi. J'ai des hommes à toutes les sorties.

Ma paranoïa tournait à plein régime parce que je n'étais pas sûr que ce soit censé me donner un avertissement ou me réconforter.

Je m'efforçai d'adopter une expression plus agréable et hochai la tête.

— Vas-y, dis-je avec raideur à Alessia, qui me lança un regard furieux avant de suivre Sabina hors de la pièce.

Je pris une chaise et m'assis en face de Victor, qui était derrière son grand bureau. Il était temps de lui montrer pourquoi cela valait toujours la peine de me garder. Et plus tôt je le ferais et sortirais d'ici, mieux ce serait.

ALESSIA

C'ÉTAIT QUOI CE BAZAR ?

Pourquoi est-ce que l'ex de Vlad était ici, me menant à la cuisine ?

J'étais sérieusement mal à l'aise. Je n'aimais pas être séparée de Vlad, surtout en sachant qu'il était gêné par cet entretien. On me tenait à distance des affaires de la mafia, mais j'en savais assez pour ne pas ignorer que le meurtre et la traîtrise étaient monnaie courante.

Il y avait un risque que Vlad soit sur le point de se faire tuer.

Ou moi.

Et je ne faisais sûrement pas confiance à Sabina ni à sa fausse politesse mielleuse. Elle me mena dans une somptueuse cuisine et me prépara une tasse de café instantané au micro-ondes.

Dégoûtant.

Sérieusement, les Russes avaient besoin d'entendre parler des machines à expresso. Et vite.

Je m'assis au bar à petit déjeuner et feignis de boire mon café à petites gorgées.

Elle s'assit près de moi, trop proche. J'essayai de m'éloigner, puis je me rendis compte qu'elle ne me mettait pas un coup de coude, elle essayait de me passer quelque chose.

C'était un téléphone portable.

— Victor a dit que tu étais prisonnière, murmura-t-elle. C'est un téléphone jetable. Tu peux appeler ta famille à l'aide.

Mes doigts tremblaient alors que je tendais la main et le rangeais dans mon sac. Était-ce une sorte de test ? Quel était son objectif ?

— Pourquoi me donnes-tu ça ?

— Je sais ce que c'est d'être retenue captive par *bratva*. D'être une femme qui n'a pas d'options.

La jolie blonde avait l'air soudain âgée.

Je m'immobilisai alors que mes soupçons s'estompaient. Ça, je voulais bien le croire.

— Étais-tu captive de Zima ?

Elle me regarda, surprise.

— Vlad te l'a dit ?

Je hochai la tête.

— Qu'a-t-il dit d'autre ?

Je me mis à réfléchir sur quoi révéler. Je voulais connaître la vérité sur cette histoire.

— Il pense que tu as essayé de l'inciter à tuer Zima.

— Oui. Il a raison. Zima était homme violent. Cruel. Il ne me laissait jamais sortir. Alors j'ai remonté dans l'organisation, cherchant quelqu'un qui n'avait pas peur de lui. J'ai essayé Vlad. Il détient une position importante dans la fraternité. Intouchable, dit-on. Le plus puissant, deuxième après Victor. Et on dit qu'il est le plus riche, expliqua-t-elle en faisant tourner un bracelet en or et en diamant autour de son poignet. C'est important. Je n'aurais pas risqué ma tête pour une position moins bonne.

Je dissimulai mon choc devant son aveu. Vlad avait complètement raison sur elle… elle n'en avait que pour la manipulation. Malgré tout, je croyais son histoire. Sans doute parce qu'elle n'essayait pas de cacher ses travers.

— Zima était parti pour le business, alors j'ai séduit Vlad. Je l'ai piégé pour qu'il me mette enceinte. J'ai cru qu'un bébé suffirait à le persuader. Les hommes deviennent dingues avec leur descendance.

Elle fouilla dans son sac à main et en sortit la photo d'un nouveau-né. Ses lèvres tremblèrent quand elle me la tendit.

— Mais Vlad a été sans cœur. Il a refusé de tuer Zima. Il ne voulait rien avoir à faire avec moi. Alors j'ai dû chercher ailleurs.

Son regard alla en direction du bureau.

— Victor, devinai-je.

Elle hocha la tête.

— Mais Victor ne voulait pas me prendre avec un enfant, alors j'ai dû l'abandonner. La mettre dans un orphelinat.

Mon estomac se noua.

Un orphelinat.

Seigneur, non.

L'enfant de Vlad était dans un orphelinat russe ? Comment était-ce possible ? Il m'avait emmenée dans l'un d'eux. Il avait vu qu'ils manquaient terriblement de personnel. Que les conditions étaient terribles. Est-ce qu'il détestait vraiment cette femme au point d'abandonner son propre enfant dans l'un d'eux ?

— Vlad le sait ? demandai-je d'une voix étranglée.

Elle hocha la tête, les yeux brillants de larmes.

— Je lui ai écrit des douzaines de lettres. J'ai essayé de lui rendre visite hier. Il ne veut pas reconnaître notre enfant.

Mes propres yeux se remplirent de larmes. Cela pouvait-il être vrai ?

Sabina agrippa mon poignet et le serra.

— Tu es gentille. Je savais que j'avais raison de t'aider.

Le son de voix masculines approcha à travers la porte et elle saisit la photo et la fourra dans son sac à main.

— Ne dis rien, chuchota-t-elle avec insistance.

Je hochai la tête et me levai sur des jambes chancelantes.

J'avais l'impression que le monde entier chavirait. Glissait et se réarrangeait. Je ne savais pas si je connaissais vraiment Vlad. Je voulais que rien de tout ça ne soit vrai.

J'avais besoin d'aller au fond des choses immédiatement.

— Viens, Alessia, aboya Vlad depuis la porte.

À ce moment-là, ses ordres autoritaires ne m'excitaient pas. Ils m'énervaient sérieusement.

Je pinçai la bouche et balançai mes cheveux en arrière, mais j'allai vers lui. Dès que nous fûmes dans l'ascenseur, il gronda :

— Bon sang, c'était quoi ça ?

Je fis volte-face, en colère.

— À toi de me le dire, Vlad. Que sais-tu du bébé de Sabina ?

— Bon sang, il n'y a pas de…

L'ascenseur tinta et il ferma la bouche, agrippant le haut de mon bras trop fort. Mika traînait derrière nous silencieusement. Dès que nous fûmes arrivés sur le trottoir, il dit :

— Il n'y a pas de bébé. Cette femme est un nid à mensonges et tu es stupide si tu la crois.

Je croyais fermement aux règles anti-insultes dans les relations.

Je devins glaçante et gardai la voix grave et menaçante.

— Ne me traite pas de stupide.

Vlad passa les doigts dans ses cheveux.

— Je ne le pensais pas. Je suis désolé. Mais je sais ce qui est vrai.

— Vraiment ? demandai-je. Elle m'a montré une photo de ton bébé. Celui qu'elle a *mis dans un orphelinat* parce qu'elle ne pouvait pas séduire Victor, avec un enfant.

Vlad me fixa, et la couleur quitta son visage.

— Non.

— *Da*, dis-je, comme si lui renvoyer sa propre langue y donnerait plus de poids. J'ai vu la photo. Elle n'avait aucune raison de me mentir, elle essayait de me sauver de toi. Regarde, elle m'a donné un téléphone pour appeler mes frères.

Je l'agitai en l'air comme une preuve.

Le visage de Vlad, jusque-là pâle, s'enflamma d'un coupé.

Je reculai d'un pas.

— Je vois. Maintenant je vois. Bien sûr que vous complotez ensemble, rugit-il. C'est ce que les femmes font… manigancer et piéger. Utiliser votre beauté et votre sex-appeal pour manipuler les hommes et détruire leurs vies. Eh bien, tant mieux. Tu devrais savoir, *printsessa*, qu'appeler tes frères était une grosse erreur. Tu crois que tes frères peuvent atterrir à Moscou sans que la *bratva* le sache ? Sans que la *bratva* les tue avant que leurs pieds aient touché la terre ferme ? Ils ne viendront pas ici sans que je les aie invités. Tu ferais bien de les rappeler et de leur dire.

J'avais l'impression d'avoir reçu un coup de poing dans le ventre. Les larmes me brûlèrent les yeux.

— Va te faire voir ! criai-je. Sérieusement, Vlad. Va te faire voir.

Les paroles enfantines étaient le mieux que je pouvais faire. La meilleure expression de ma douleur et de ma rage.

Je tournai les talons et m'éloignai sur le trottoir.

J'étais certaine que Vlad me rejoindrait en un instant. Qu'il m'attraperait et me forcerait à retourner à la limousine. Je prévoyais de lui donner des coups de pied, de hurler et de le mordre tout du long, parce que j'en avais assez de ses salades.

Mais il ne le fit pas.

Il ne me suivit pas.

Et je fus soulagée, au début.

Jusqu'à ce que je me rende compte qu'il y avait peut-être quelque chose de pire.

Pire que d'être retenue prisonnière par un homme qui pensait que toutes les femmes étaient des garces manipulatrices.

Qu'il m'abandonne.

Vlad

JE REGARDAI le dos d'Alessia, sa démarche colérique. Sa trahison me déchirait.

Une autre femme qui me prenait pour un imbécile.

Me manipulait. Mettait tout en œuvre pour obtenir ce qu'elle voulait.

Encore une fois, j'étais le petit garçon offert à la *bratva* pour assurer la place de ma mère en tant qu'amante de Victor.

Laisse-la partir, hurla cette partie blessée de moi. N'ouvre jamais ton cœur à une femme.

Mais c'était Alessia, et je ne pouvais pas m'empêcher de m'en soucier.

— Va avec elle, aboyai-je à Mika.

Il me foudroya du regard, ouvertement accusateur.

Je lui fourrai une liasse de billets dans la main.

— Assure sa sécurité.

Il me lança un dernier regard accablant avant d'obéir, courant derrière elle.

Blyat.

J'avais su que les ennuis approchaient. J'avais cru que ça viendrait de Victor. Je n'aurais jamais imaginé que Sabina continuerait à me causer autant de problèmes.

Je fis signe à la limousine de partir et retournai à notre hôtel à pied, ma colère alimentant mes longues enjambées. Le temps que j'arrive, il fallait que je connaisse la vérité.

Je m'assis à mon ordinateur et hackai les archives publiques. Si Sabina avait accouché, ce serait enregistré. Et si elle l'avait fait l'adopter, je pourrais trouver ça aussi.

Aller au fond des choses était la première étape pour gérer la trahison de cette femme.

ALESSIA

— RETOURNES-Y, Mika.

Je marchai pendant au moins quarante-cinq minutes – me reposant quand j'avais le souffle coupé – quand je me rendis compte que Vlad ne m'avait pas suivie, mais Mika si. Il me suivait, à un mètre cinquante derrière moi, la tête baissée comme un mauvais espion.

Mais il n'avait pas sa place avec moi, il aurait dû être avec Vlad. J'avais un téléphone… je pouvais appeler mes frères. Ils trouveraient comment me ramener à la maison en toute sécurité. Mais Mika ne pouvait pas venir avec moi. Enfin, il pouvait, mais je ne pensais pas que c'était la meilleure option pour lui. Et Vlad avait besoin de lui.

Je m'arrêtai et me retournai vers lui.

— Mika, tu devrais y retourner. Vlad va s'inquiéter pour toi.

Il brandit une liasse de billets.

— Il m'a envoyé pour que tu sois en sécurité.

Je soupirai et pris l'argent. Si je n'avais pas été aussi énervée, j'aurais presque pu trouver ça mignon.

Presque.

Je fis le tri dans les billets.

— Y a-t-il assez pour nous prendre une chambre d'hôtel ?

Il lança un coup d'œil aux roubles et hocha la tête.

— Alors viens, allons trouver un endroit où dormir.

Mes pieds étaient déjà fatigués et nous déambulâmes pendant une éternité parce que Mika ne savait pas où étaient les hôtels, et que je ne parlais pas russe. Finalement, je lui dis de héler un taxi pour nous emmener au plus bel hôtel. Je ne saurais pas dire à quel point j'étais heureuse quand il s'arrêta devant le Marriott Grand Hotel de Moscou.

J'avais déjà l'impression d'être de retour aux États-Unis.

Et vous savez quoi ? Ils parlaient même anglais à la réception.

Mais ils n'apprécièrent pas mon absence de pièce d'identité et de carte de crédit. Je dus adopter mon attitude la plus convaincante de fille de riche pour expliquer qu'on avait volé mon portefeuille et que j'avais tout perdu. Que j'avais l'intention d'aller à l'ambassade le lendemain, mais que pour l'instant mes pieds me faisaient trop mal et que j'avais simplement besoin d'une chambre pour les surélever.

Ça fonctionna.

Dans notre chambre, je me jetai sur le lit. J'étais épuisée et tellement, tellement lourde. J'étais trop engourdie ne serait-ce que pour pleurer.

Mika fit les cent pas dans la chambre.

— Tu ne devrais pas vérifier ta glycémie ?

— Je le ferai dans un moment. Pourquoi ne nous commandes-tu pas à manger ? suggérai-je.

Je brûlais d'envie d'utiliser le téléphone que Sabina m'avait donné, rangé dans mon sac à main, mais je ne le sortis pas. Je n'appelai pas mes frères. Pas encore.

Ce n'était pas parce que j'avais peur de ce que Vlad avait dit, même si ça m'inquiétait.

C'était davantage l'impression que je n'en avais pas terminé ici.

Je croyais à moitié que ce n'était pas terminé entre Vlad et moi.

Et je ne voulais pas partir comme ça... en le détestant.

Je ne voulais pas partir en pensant le pire de lui.

Même après les horreurs qu'il m'avait dites.

Il était également l'homme qui avait géré les larmes de Mika la veille. L'homme qui avait promis de me trouver un rein.

Le gars qui se dévouait complètement à ma satisfaction sexuelle dans la chambre.

Était-il parfait ?

Oh que non.

Loin de là.

Mais il m'avait rendue heureuse.

Plus heureuse que je n'aurais cru possible, surtout étant donné les circonstances. Je me sentais spéciale, magnifique et en sécurité avec lui.

Choyée. Vivante.

Chérie.

Et je ne voulais pas monter dans un avion et ne jamais le revoir en laissant les choses entre nous dans cet état.

Mais j'étais également trop en colère en cet instant pour vouloir les arranger.

J'avais un tempérament italien bouillant et il avait besoin de temps pour refroidir.

Si j'étais vraiment honnête avec moi-même, je devais admettre que j'aurais aimé qu'il me suive, qu'il me prenne dans ses bras et arrange tout, comme il le faisait chaque fois. Et j'aurais voulu rester en colère et lui résister jusqu'à ce qu'il ait vraiment prouvé que tout allait bien.

Mais il ne l'avait pas fait. Il ne m'avait pas suivie, il ne s'était pas excusé. Il n'avait pas essayé d'arranger quoi que ce soit.

Au moins, il avait envoyé Mika pour que je reste en sécurité. Je supposai que c'était un signal. Il me laissait vraiment partir.

Je fermai les yeux, trop fatiguée pour seulement réfléchir sérieusement à ce merdier.

Vlad

. . .

J'appelai Mika une douzaine de fois mais il ne répondit pas. Petit imbécile. Je supposai qu'il s'était mis du côté d'Alessia. Pendant qu'il n'était pas là, j'avais hacké les archives publiques.

Sabina avait une fille dans un orphelinat. Et elle m'avait désigné comme le père sur le certificat de naissance.

Ça pouvait être vrai ou pas. L'enfant pouvait être de Zima. Il était peut-être de Victor. Il pouvait être d'un certain nombre d'hommes qu'elle avait essayé de manipuler pour arriver à ses fins.

Mais maintenant je devais découvrir si c'était ma fille. Alessia le voulait.

Et cette pensée me perça le cœur comme une lance.

Elle me détestait, maintenant, après la manière dont j'avais menacé la vie de ses frères. C'était vrai… Victor ne leur permettrait jamais de poser vivants le pied dans ce pays, mais je n'aurais pas dû lui lancer une telle menace au visage. Les mots étaient censés blesser.

Et clairement, ils l'avaient fait.

Je me frottai le front. Savoir que Sabina et Alessia étaient de mèche avait été un choc pour moi. Ça m'avait profondément blessé, surtout après la manière dont Sabina avait ruiné ma vie. Mais je ne pouvais pas vraiment en vouloir à Alessia d'avoir accepté l'aide de Sabina. J'étais l'enfoiré qui la gardait prisonnière, qui l'empêchait de rentrer chez elle.

Et si Alessia avait pensé le pire de ma part, si elle avait pris le parti de Sabina, c'était parce qu'elle avait un faible pour les enfants. Je venais de l'emmener dans un orphelinat, bon sang d'idiot. Alors, bien sûr, entendre que j'avais laissé ma propre enfant de dépérir dans un orphelinat était la chose la plus horrible et accablante qu'elle pouvait entendre sur moi.

Ça, et moi qui menaçais de tuer ses frères.

Ça n'avait pas été ma meilleure décision.

Bon sang.

J'avais vraiment foiré.

J'essayai encore d'appeler Mika. Comme il ne répondait toujours pas, j'ouvris le logiciel de pistage et trouvai sa position.

Puis je respirai mieux. Ils étaient dans un bon hôtel. En sécurité.

Bien.

Le lendemain matin, j'irais là-bas et je ferais de mon mieux pour arranger les choses.

Je laisserais Alessia partir, parce qu'elle méritait sa liberté. Mais d'abord, je devais m'excuser auprès d'elle, faire de mon mieux pour régler la situation avec l'enfant de Sabina.

J'allai me coucher, mais je ne dormis pas. Toute la nuit, je ne cessai de voir l'air horrifié d'Alessia à mes paroles. La manière dont elle avait trébuché en arrière. La manière dont elle avait tressailli comme si je pourrais lui faire du mal.

Et toute la nuit, mon cœur se brisa un peu plus.

Je ne réussis à m'assoupir que juste avant l'aube.

Puis je fus réveillé par mon téléphone qui sonnait et la voix terrifiée de Mika.

— *Je n'ai pas assuré sa sécurité, Vlad. Quelque chose ne va pas et elle ne veut pas se réveiller.*

18

Vlad

Non.

Non, non, non.

Je guidai Mika pour qu'il fasse une injection de glucagon à Alessia en même temps que j'enfilais des vêtements et ouvrais la porte. Je restai au téléphone avec lui tout le temps alors que mon cœur s'emballait de plus en plus quand il me dit qu'elle ne se réveillait toujours pas et ne réagissait pas.

— Je vais raccrocher et appeler une ambulance, lui dis-je avec un calme que je ne ressentais pas. Puis je te rappellerai.

J'entendis le hurlement d'une sirène alors que je courais dans le bâtiment. Parce que je ne pouvais pas attendre quelques minutes supplémentaires, je la portai dans mes bras jusque dans le hall de l'hôtel, sa tête pendant sur mon épaule.

Pitié.

Pitié, pitié, pitié.

Mika avait les yeux humides et il avait peur.

— Elle a dit qu'elle vérifierait sa glycémie plus tard. Puis elle s'est endormie. Je suis désolé, Vlad. J'aurais dû la réveiller.

— Non. Ce n'est pas ta faute. Et elle va s'en remettre, promis-je, même si je n'en étais pas si sûr.

Rien ne semblait normal là-dedans.

Et c'était totalement ma faute.

ALESSIA

J'ÉTAIS DANS UN HÔPITAL.

La pièce devenait plus nette. Les murmures en russe qui provenaient du couloir me fournirent l'indice suivant.

Moscou.

J'étais descendue dans un hôtel avec Mika. Et je m'étais endormie sans prendre mon insuline. Mais je n'aurais pas dû me sentir aussi mal.

Je me sentais horriblement mal. Fatiguée et dans le cirage. J'essayai de bouger et découvris des sondes remplies de sang qui sortaient de mon bras. J'essayai de me redresser, mais j'étais trop faible, trop fatiguée. Je levai la tête et regardai autour de moi.

— Vlad ?

Il y eut du mouvement dans un coin, et le visage tiré de Mika apparut.

— Où est Vlad ?

— Il est là, il parle avec les médecins.

— Je ne me sens pas bien. Qu'est-ce qui se passe ?

Le menton de Mika trembla. Je me rendis compte qu'il avait les yeux rouges.

— Tu as eu problème. Ton… je ne sais pas comment on le dit en anglais…

Il se toucha le dos.

— Rein ?

— *Da*. Le rein a lâché. Vlad te trouve une greffe.

La peur me frappa comme la foudre.

Une greffe.

En étais-je déjà là ? C'était si grave ? C'était ce à quoi j'avais évité de penser depuis mon diagnostic en Italie. Ma pire peur.

Et maintenant, elle se réalisait. Mon rein avait lâché. Les sondes de sang devaient être la dialyse. Oh mon Dieu, mon corps m'avait complètement lâchée !

Et j'étais toute seule en Russie. Sans famille, sans amis.

Ma vue se brouilla. Je ne m'étais pas sentie aussi effrayée ni seule pendant tout ce temps en Russie. Même quand Vlad m'avait amenée ici sans que je sache ce qu'il me réservait. Rien n'était comparable à la peur que je ressentais en ce moment.

Je n'aimais pas être ici dans ce lit d'hôpital, avec des sondes qui sortaient de mon bras, entourée par des infirmières qui ne parlaient que le russe.

— Tes frères arrivent, dit Mika, comme s'il devinait mes pensées.

Cela me fit marquer une pause. J'essayai encore de me redresser, mais ça me demandait trop d'effort.

— Vraiment ?

— *Da*. Vlad a appelé Junior, lui a dit de venir.

Je me renfonçai dans le lit alors que le soulagement m'envahissait. J'allais rentrer à la maison.

Mais les choses avec Vlad étaient trop en suspens. J'avais besoin de le voir. J'avais cette sensation d'être déchirée en deux, coupée en plein milieu sans lui à mes côtés.

— Où est Vlad ? J'ai besoin de lui.

La mâchoire de Mika se crispa.

— Il ne peut pas venir maintenant. Il est avec les médecins.

Je tendis la main et lui touchai la manche.

— Mais est-il vraiment ici, Mika ? Ou est-ce que tu me mens ?

L'inquiétude de Mika semblait réelle.

— *Nyet*, répondit-il avant de regarder par-dessus son épaule. Je vais aller voir si les médecins en ont terminé avec lui.

Mon soulagement fut de courte durée, parce que soudainement je ne voulais pas qu'on me laisse seule dans un hôpital où je ne parlais pas la langue et où je ne connaissais personne.

— Non, attends… l'appelai-je alors qu'il se dirigeait vers la porte. Ne me laisse pas seule ici. S'il te plaît.

Il revint.

— Vlad est ici, dit-il fermement, comme s'il avait peur que je ne le croie toujours pas. Il te cherche un rein.

— D'accord. On va l'attendre, alors. On fait quoi ?

Je levai les yeux vers la télévision accrochée sur le mur.

Mika l'alluma et zappa, mais toutes les séries étaient en russe.

— Je sais, dit-il, en récupérant sa tablette dans le fauteuil placé à côté.

Mika se tint près de moi et l'alluma.

— Tu aimes *Friends* ?

J'eus un rire ému. Il m'avait semblé le voir regarder cette série quand nous étions à Las Vegas. Il installa la tablette sur mes cuisses et nous regardâmes ensemble pendant que le temps passait avec une fastidieuse lenteur.

～

Vlad

QUAND JE ME réveillai après l'opération, ma vue était floue sous l'action des drogues. Même avec des antidouleurs, je sentais l'incision, la perte de mon organe. Alors que mes yeux luttaient pour se concentrer, je me focalisai sur la silhouette sombre et bien habillée qui planait au-dessus de moi.

On pressa le canon dur d'un pistolet contre ma tempe.

— Donne-moi une seule bonne raison de ne pas te tirer dessus.

Junior. Et derrière lui se tenaient les deux frères Tacone du groupe de Chicago, Gio et Paolo.

Je clignai des yeux, sans peur. S'ils voulaient me tuer, ils pouvaient. Je le méritais. Je suppose que je m'étais attendu à mourir de leurs mains à l'instant où j'avais décidé de kidnapper Alessia.

J'avais fait du tort à leur sœur et maintenant elle récupérait dans un lit d'hôpital parce que je n'avais même pas pu assurer sa sécurité.

Alors non, il n'y avait pas une seule bonne raison de ne pas me tirer dessus. Pas vraiment.

Dans le coin de la chambre, je remarquai un mouvement. Ce n'était pas un autre frère. C'était Mika… pâle et effrayé, les yeux aussi grands que son visage.

Ma poitrine se serra. Ce gamin avait traversé beaucoup d'épreuves. D'abord, sa mère l'avait abandonné. Puis toute la *bratva* de Chicago avait été éliminée par l'homme devant moi. Ensuite, je l'avais ramené en Russie et lui avais appris à me faire confiance, pour finir par me retrouver avec un flingue contre la tête et le gamin sur le point d'assister à ma mise à mort. Eh bien.

Peut-être qu'il y avait une raison, alors.

— Elle ne voudrait pas, répondis-je d'une voix rauque, à cause de l'intubation.

C'était vrai. Je la connaissais suffisamment bien.

— Et pourquoi ça ? gronda Gio derrière Junior.

Mes yeux se tournèrent vers Mika, et je levai le menton dans sa direction.

— Elle ne voudrait pas que vous en fassiez un orphelin pour la deuxième fois.

Junior lança un coup d'œil à Mika. C'était un homme dur et violent. Il avait abattu à lui seul toute la cellule de la *bratva*. Il n'hésiterait pas à me tuer s'il le voulait.

Mais à l'instant où il vit Mika, je sus qu'il partageait la douceur de sa sœur pour les enfants. Quelque chose changea dans ses yeux. Il étudia le gamin.

— Comment tu t'appelles ?

Mika déglutit.

— Mikhael.

Junior pencha la tête vers moi.

— Tu veux que ce gars vive ?

Mikhael hocha la tête d'un petit mouvement rapide qui ne s'arrêta pas.

— Très bien. C'est de bonne guerre. Je suppose que je te le dois bien.

Junior éloigna le flingue de ma tête, le faisant disparaître dans un holster derrière son dos.

— Comment va-t-elle ?

Je tentai de bouger et grimaçai sous la douleur.

— Elle vivra, répondit Junior, le regard dur. Nous avons amené notre propre médecin et nous la ramenons à la maison pour récupérer. Si tu t'approches de nouveau d'elle, je te tranche les parties.

Je hochai la tête en accord. Je le méritai.

— Et reste hors de mon satané pays. Si je te revois aux États-Unis, tu es un homme mort. *Capiche* ?

— *Da*.

— *Da*, répéta Paolo avec mépris. Fichu Russe.

Les Tacone sortirent les uns derrière les autres.

Je fermai les yeux de soulagement. Non pas qu'ils m'aient épargné, mais à la nouvelle qu'Alessia avait survécu. La transplantation avait réussi et elle avait maintenant mon rein.

J'avais pu me rattraper d'avoir failli causer sa mort.

J'avais appelé Junior et l'avais mis au courant quand j'avais découvert que son rein avait lâché. Je lui avais dit de venir immédiatement pour la ramener après l'opération.

Victor avait accepté de les laisser venir, mais seulement parce que j'avais leur argent. Il ne savait pas que je le leur avais rendu des semaines auparavant. Mais j'avais gardé le compte de Mika au même niveau.

Avant de passer sous le scalpel, je lui avais montré où il était et comment le récupérer si quoi que ce soit m'arrivait. Je tenais à ce qu'il ait des options en dehors de la *bratva* si c'était son choix.

ALESSIA

QUAND JE ME réveillai après la transplantation, j'étais seule dans ma chambre.

De nouveau ma pire peur. Où était Mika ? Pourquoi Vlad n'était-il pas venu me voir ?

La porte s'ouvrit et trois de mes frères entrèrent… Junior, Gio et Paolo.

— La voilà, les yeux ouverts cette fois, dit Gio avec la fausse gaieté qu'on utilise avec les malades ou les enfants.

J'aurais dû être heureuse de les voir, mais tout ce que je ressentais, c'était de la peur pour Vlad. Lui avaient-ils fait du mal ? Je n'avais pas eu l'occasion de leur dire de ne pas le faire.

— Où est Vlad ?

Paolo se renfrogna.

— En salle de réveil.

J'essayai de me redresser, mais ça me faisait trop mal.

— Que lui avez-vous fait ?

Junior me lança un regard étrange.

— Il vient de te donner son rein. Tu le savais ?

J'en restai bouche bée.

— Non.

J'eus le déclic. La raison pour laquelle il était avec les médecins et non dans ma chambre avant l'opération.

— C'est la seule raison pour laquelle je ne lui ai pas mis une balle dans la tête, gronda Junior. Ça, et puis il y a un gamin dans sa chambre qui semble tenir à ce qu'il vive.

Je ravalai mes larmes.

— Ne… ne lui faites pas de mal. S'il vous plaît.

L'expression de Junior s'adoucit. Il me serra l'épaule. Paolo et Gio se rapprochèrent aussi. Ce dernier me prit la main. Paolo me tapota la jambe.

— Bon sang, je suis tellement désolé de ce qui t'est arrivé, dit Junior. De tout ça.

Il agita la main à travers la pièce.

— C'est ma faute si la *bratva* s'en est prise à toi et je n'ai pas su assurer ta sécurité. J'ai foiré.

Des larmes coulèrent de mes yeux.

— Non, dis-je en agitant les mains. Ne te blâme pas. Je suis juste désolée que ça ait gâché ton mariage.

Junior eut l'air incrédule.

— Tu dois te moquer de moi. Tu es désolée d'avoir gâché mon mariage ? Petite…

Il me toucha la joue du dos de la main. Il se racla la gorge comme si elle était nouée.

— Je suis juste content que tu ailles bien. Il ne t'a jamais fait de mal ? Parce que je vais sérieusement le mettre en…

— *Non, Junior*, l'interrompis-je. En fait, il a été… plutôt gentil. Jusqu'à ce que nous ayons une brouille à la fin.

— Nous te ramenons à la maison, petite sœur. Nous avons amené notre propre médecin et nous avons un jet privé, dit Gio.

Je reposai ma tête sur l'oreiller et fermai les yeux. Je rentrai à la maison.

J'aurais dû être heureuse.

Mais je ne l'étais pas. J'étais simplement… vide.

19

Vlad

— Maintenant, laisse-moi la prendre.

Je pris le bébé à Svetlana, la nounou épuisée, et la portai dehors. Je murmurai doucement et le nourrisson arrêta de s'agiter, hoquetant doucement dans mon cou.

Elle s'appelait Lara, et elle était à moi. Elle avait sept mois. C'était le plus joli bébé que j'avais jamais vu.

Sans elle et Mika, je ne me serais plus donné la peine de rien. Manger. Dormir. Vivre.

Mais avec des enfants, la vie continue. Ils ont besoin de nous, alors nous rappliquons.

Semblait-il.

Mais chaque jour à Volgograd me tuait. Être dans ma propriété sans Alessia semblait aberrant.

Tout ici me faisait penser à elle et je voyais son magnifique visage partout où j'allais.

Je marchai jusqu'au lac, revins, et le bébé s'endormit

sur mon torse. Je la ramenai à la maison et la posai prudemment dans son berceau.

Mika était devant l'ordinateur portable que je lui avais acheté, Facebook ouvert.

— Qu'est-ce que tu fais ?

Je regardais par-dessus son épaule et mon cœur vola en éclats. Il avait ouvert le profil d'Alessia. Une photo d'elle avec une robe et un chapeau de diplômée me souriait.

Mika ferma le clapet comme s'il avait été surpris à regarder du porno.

— Tu es en contact avec elle ?

Il haussa les épaules.

Je me tenais là, complètement perdu pendant un instant, même pas sûr de la manière d'apaiser le tsunami d'émotions qui me traversait.

Mika me lança un coup d'œil.

— Pourquoi on ne va pas la chercher ?

Un soupir dédaigneux et surpris sortit de ma bouche.

— Ce n'est pas une option. Tu as entendu ce que son frère a dit. Si je vais en Amérique, je suis mort.

Mika me rendit mon regard sans flancher.

— Tu n'as pas peur d'eux.

Il avait raison. Ce n'était pas le cas. Je le regardai.

— Comment tu le sais ?

Il haussa les épaules, comme d'habitude.

— Tu n'avais même pas peur quand ils avaient un pistolet armé pointé sur ta tête.

— Je me suis réconcilié avec l'idée de mourir il y a longtemps. Paradoxalement, je pense que c'est ce qui me garde en vie.

Mika joua avec l'ordinateur, ouvrant et fermant le clapet.

— Mais je t'ai vu effrayé.

— Ouais ?

Je n'étais pas sûr de vouloir connaître la direction que ça allait prendre.

— Quand j'ai pointé une arme sur Alessia. Et quand elle était malade.

J'avais l'impression qu'on m'arrachait les tripes.

— Et ?

— Alors pourquoi on ne va pas la chercher ?

— Parce qu'elle ne veut pas que nous le fassions. Elle ne veut pas que *je* le fasse, me corrigeai-je, pour éviter qu'il se sente abandonné aussi.

Blyat, il se sentait probablement vraiment abandonné.

— Tu ne t'es jamais excusé auprès d'elle, m'accusa-t-il.

Et c'était une douleur avec laquelle je vivais chaque jour.

J'enfonçai les doigts dans mes cheveux.

— Elle ne veut pas me voir. Et je ne vais pas perturber sa tranquillité d'esprit encore une fois.

C'était mieux comme ça.

Le bébé se réveilla et recommença à pleurer.

Je retournai dans sa chambre et la pris dans mes bras.

— Je sais, bébé. Je sais exactement ce que tu ressens.

ALESSIA

J'ÉTAIS ALLONGÉE près de la piscine sur le toit du Bellissimo et regardai le soleil se coucher. Un serveur m'apporta une salade César, mais je la posai sur la table près de moi sans la toucher. Manger n'était rien d'autre qu'une corvée ces temps-ci.

Sondra flottait dans l'eau, c'était le seul endroit où elle voulait être avec son gros ventre arrondi. Nico avait fait récemment installer ici une piscine privée pour son épouse et sa belle-sœur. Je devinai que lui et Stefano ne supportaient pas que le public lorgne leurs femmes dans les piscines des clients.

Mes frères avaient amené le meilleur néphrologue des États-Unis en Russie quand ils étaient venus me chercher. J'avais été transportée dans un jet privé avec le chirurgien à un million de dollars qui s'occupait de moi. Mon rétablissement avait été parfait.

Ils m'avaient emmenée à Las Vegas au lieu de Chicago pour récupérer. Ils avaient pensé qu'au Bellissimo j'aurais une foule d'employés disponibles aux petits soins pour moi. Ou peut-être qu'ils souhaitaient simplement fournir à ma peine de cœur de larges distractions. Ma mère était venue aussi et elle faisait de son mieux pour me sortir de ma dépression. Mais je n'arrivais pas à m'en débarrasser.

Cela faisait trois mois et j'étais presque guérie de l'opération, si bien que j'avais été autorisée à faire de l'exercice. Mon corps n'avait pas rejeté le rein de Vlad. Mon cœur ne l'avait pas rejeté non plus.

Qu'il soit compatible semblait être un signe du destin. Comme si j'avais été destinée à être sauvée par Vlad et son rein.

C'était stupide, mais chaque fois que je pensais qu'une partie de lui était en moi, me gardant en bonne santé, l'agitation et l'anxiété qui me dévoraient depuis que j'avais quitté la Russie diminuaient.

Je n'avais pas eu la moindre nouvelle de Vlad.

Aucun doute que mes frères avaient quelque chose à y voir. Mais tout de même.

Ça faisait mal.

Je savais que j'avais signifié quelque chose pour lui. J'avais été plus qu'une transaction financière ou une vengeance. Il s'était donné à moi, s'était ouvert, il avait changé.

Et il me manquait, bon sang.

Le sexe incroyable me manquait. Nos promenades au lac me manquaient. L'énergie me manquait… la manière dont je m'étais toujours sentie observée, appréciée, admirée.

Mika me manquait aussi, même si, heureusement, il avait pris contact par Facebook, alors nous discutions. J'avais recommencé à lui donner des cours particuliers, ce qui était le seul rayon de soleil de mes journées. J'avais également fait une généreuse donation à l'orphelinat à Volgograd, et quand ils avaient envoyé une lettre de remerciements, la directrice avait écrit : « Nous avons été stupéfaits et reconnaissants de votre cadeau supplémentaire. La générosité de votre mari a déjà fait une énorme différence. »

Nico arriva. Il n'avait pas de veste de costume mais avait toujours l'air trop habillé sur la terrasse de la piscine.

Sondra lui adressa un sourire radieux dans l'eau, il s'approcha et s'agenouilla au bord. Quand il prit l'arrière de sa tête et la tira en partie hors de l'eau pour l'embrasser, je détournai les yeux pour leur laisser de l'intimité.

J'adorais voir mes frères amoureux, mais chaque baiser ou contact auquel j'assistais me faisait penser à Vlad. Et la douleur n'avait pas diminué avec le temps. Elle avait grandi.

Nico s'approcha de la chaise longue dans laquelle j'étais affalée, et je gardai la tête baissée dans la dernière romance de Tessa Bailey que je lisais. Même les couples fictifs qui tombaient amoureux me déprimaient. J'étais également tellement fatiguée des membres de ma famille qui essayaient de m'entraîner dans la conversation. C'était plus douloureux que de m'apitoyer sur mon propre sort.

Il tira une chaise et s'assit près de moi.

Bon sang. Nous y voilà.

— Dis-moi, dit-il.

Je posai le livre et abaissai mes lunettes de soleil.

— Quoi ?

— À quoi penses-tu ? À Vlad ?

C'était la première fois que quelqu'un mentionnait son nom depuis que j'étais revenue. Ça avait toujours été *le stronzo russe* ou des obscénités italiennes plus imagées.

Des larmes me montèrent aux yeux avant même que je ne puisse prendre une inspiration.

Le visage de Nico devint compatissant.

— Tu l'aimes.

Mon menton trembla. Je hochai la tête.

— Il t'aime aussi.

Je détournai les yeux parce que ça faisait trop mal de l'entendre. S'il m'aimait tellement, pourquoi n'était-il pas venu me chercher ? Pourquoi n'avait-il même pas essayé de me rendre visite à l'hôpital en Russie ? Ou de communiquer avec moi depuis que j'étais revenue ?

Il m'aimait peut-être, mais il m'avait vraiment laissée partir.

— Je l'ai su depuis ce premier appel vidéo, dit Nico. J'avais vu la manière dont il te regardait. Et quand tu as dit qu'il ne t'avait pas fait de mal, j'ai su que j'avais raison. S'il voulait mon argent, il aurait rendu ça simple et rapide. Il aurait récupéré l'argent et t'aurait relâchée. Ou tuée. Mais il ne t'aurait pas emmenée en Russie pour être son épouse. C'était de la fascination de sa part.

Mon nez me piqua. Une larme roula sur mon visage.

— Tu connais le syndrome de Stockholm ?

— Nico, tais-toi.

Je le foudroyai du regard, retirai mes lunettes de soleil Channel et essuyai une larme.

Il leva les mains en reddition.

— Je dis simplement… que ton attachement pourrait n'être que ça. Ou ça pourrait être de l'amour. C'est difficile à dire sans l'avoir revu, je suppose.

J'en restai bouche bée. Mon cœur commença à marteler.

Suggérait-il ce que je pensais qu'il suggérait ? Cette idée ramenait toutes les cellules de mon corps à la vie.

Il chercha dans sa poche et en sortit une enveloppe fripée.

— Il t'a envoyé une lettre. Je l'ai ouverte d'abord pour être sûr qu'elle ne te ferait pas de mal.

— Bâtard ! explosai-je en saisissant l'enveloppe. Tu n'as pas le droit de lire mon courrier.

Sondra, toujours dans l'eau, regarda vers nous, surprise que j'ai élevé la voix. J'étais sûre qu'elle n'entendait pas souvent quelqu'un parler comme ça à Nico. Il était du genre à diriger son casino d'une main de fer, tuant les employés fautifs d'un seul regard.

En cet instant, il affichait son visage absolument impénitent, qui disait : *Je fais ce que je veux parce que c'est moi qui commande.*

Je lui lançai un regard noir, mais ce n'était pas vraiment du fait qu'il ait lu la lettre. C'était l'effet de tenir une lettre de Vlad dans ma main qui faisait tourbillonner mes émotions. Je me levai et rassemblai mes affaires, fourrant la lettre dans mon sac à main. Impossible que je la lise avec lui assis là à m'étudier, même s'il savait déjà ce qu'elle contenait.

— D'accord, dit Nico en se levant aussi. Si tu as besoin de le revoir, nous prendrons des dispositions. Tu sais, pour tourner la page ou je ne sais quoi.

Je m'immobilisai, envisageant son offre.

Tourner la page. Ça me manquait vraiment.

Mais je n'étais pas sûre que ce soit seulement ce que je désirais.

Mais ouais, la simple suggestion de revoir Vlad faisait s'emballer mon cœur.

Je déglutis et hochai la tête.

— D'accord, merci, dis-je.

Soudain désolée de mon emportement, je me rapprochai pour lui faire une bise.

— Bonne nuit, Nico.

— Ce n'est pas l'heure de se coucher, observa-t-il.

— Je vais donner des cours particuliers à Mika, il doit être en train de se lever, dis-je en regardant mon téléphone. Je ferai monter le dîner.

— Très bien. Assure-toi de le faire, lança-t-il derrière moi. Je vois que tu n'as pas touché à cette salade.

Je roulai des yeux.

— J'ai déjà une mère, je n'ai pas besoin d'une deuxième, renvoyai-je.

Je pris l'ascenseur jusqu'à mon étage et entrai dans la chambre. Je sortis la lettre et la tins entre mes doigts tremblants.

Mais je n'étais pas prête à l'ouvrir. Parce qu'une fois que je l'aurais lue, ce serait terminé. Mon seul contact avec Vlad.

Et je ne voulais pas que ce soit terminé.

Alors je glissai la lettre sous mon oreiller pour la lire avant d'aller me coucher, puis me commandai un burger et des frites au *room service*.

Mika m'appela en vidéo à 19 heures 30… 6 heures 30 chez lui. Il devait régler son réveil pour se réveiller assez tôt pour ça. C'était très chou.

Tout le temps où nous nous parlions, nous en restions à ses études. Je ne mentionnais jamais Vlad. Il ne mentionnait jamais Vlad. Je suppose que j'avais l'impression qu'entendre quoi que ce soit me tuerait.

Mais ce soir-là, c'était différent. Maintenant que Nico avait ouvert la porte en le mentionnant et en m'apportant la lettre.

Maintenant que Vlad était de nouveau dans mon esprit et que l'idée de le revoir était suspendue devant moi.

— Hé, Mika, le saluai-je en m'asseyant à mon bureau et en ajustant l'écran de mon ordinateur portable pour le voir.

Il avait les cheveux ébouriffés et l'air encore endormi.

— J'ai noté tes devoirs et te les ai renvoyés. Ouvre-les et nous les examinerons ensemble.

Il cliqua sur l'ordinateur puis hocha la tête quand il fut prêt.

Je passai en revue son cours d'anglais, puis les maths et les sciences.

— Mika ? demandai-je quand nous eûmes terminé.

— *Da* ?

Je me frottai les lèvres l'une contre l'autre alors que mon cœur recommençait à marteler.

— Comment va Vlad ?

Ma voix semblait étranglée.

À ma grande horreur, le visage de Mika s'assombrit. Il secoua la tête.

— Pas bien.

Je m'avançai.

— Qu'est-ce que tu veux dire par « pas bien » ?

Il haussa les épaules, comme d'habitude.

— Pas bien. Il…

Il lança un coup d'œil vers la porte. Quand il se retourna, il fit la grimace.

— Il a des problèmes… depuis l'opération, dit-il en

faisant un geste vers son dos. Ça n'a pas bien guéri. Il est assez malade.

— *Quoi ?* Seigneur, Mika, pourquoi ne m'as-tu pas dit ça plus tôt ?

Mon sang se précipitait dans mes veines à toute vitesse.

— Oh mon Dieu, continuai-je, a-t-il consulté des médecins ? Que font-ils pour lui ?

Mika sembla légèrement alarmé par ma réaction.

— Eh bien… je ne sais pas exactement.

— Bien sûr que non, dis-je en me tapotant les lèvres. Où est-il maintenant ? Chez lui ? Vous êtes à Volgograd ?

C'était une question stupide. Je savais qu'ils étaient à Volgograd parce que je voyais la chambre de Mika à l'arrière-plan. J'étais simplement en mode panique à ce moment-là.

— Oui. Je pense que tu devrais peut-être venir, dit Mika. Prendre soin de lui jusqu'à ce qu'il aille mieux. Enfin, si tu vas bien maintenant.

Mon nez me piqua.

— Ouais, je vais mieux. Je vais beaucoup mieux, en fait.

Je n'arrivais pas à croire que Vlad souffrait parce qu'il m'avait donné son rein. Cette pensée m'horrifiait. Pendant tout ce temps, j'avais pensé qu'il ne m'avait pas contactée parce qu'il en avait fini avec moi. Comme il avait toujours dit qu'il le ferait un jour. Ou parce qu'il avait tenu à m'accorder la liberté que je demandais continuellement. Pas parce qu'il allait mal et qu'il avait des complications pour m'avoir sauvé la vie.

Seigneur.

— D'accord, Mika. Je vais trouver comment venir. Ne dis rien à Vlad, d'accord ?

Je connaissais trop bien sur les mâles dominants qui ne

voulaient pas montrer de faiblesse. Il ne voudrait probablement pas me laisser le voir comme ça.

Mika sembla grandement soulagé. Il hocha rapidement
la tête.

— Je ne dirai rien. Tu viendras vraiment ? Quand ?

— Je ne sais pas. Je vais faire des recherches maintenant et reviendrai vers toi. Souviens-toi… ne dis rien.

— D'accord, jura Mika.

Quand je terminai l'appel vidéo, je me retrouvai
soudain affamée. Quand j'étais revenue aux États-Unis, ma
famille avait insisté pour me mettre une pompe à insuline,
qui délivrait continuellement le médicament, pour que je
n'aie plus à me faire d'injections et que ma glycémie reste
régulière. Je détestai ça… Ça me donnait la sensation
d'être faible et fragile et je ne supportais pas d'avoir
quelque chose d'attaché à mon corps.

Peut-être que ça me manquait simplement que Vlad
prenne soin de moi.

Pendant tout le temps où je dînais et me préparais à me
coucher, je pensais à la lettre sous mon oreiller. Enfin,
quand je ne pus plus le supporter davantage, je la sortis et
la lus.

Elle était écrite à la main… c'était drôle que mon
Russe calé en technologie ne m'ait pas envoyé un e-mail.
Que c'était vieux jeu de sa part !

« *CHÈRE ALESSIA,*

   « *Je suis désolé.*

   « *Pour tout. De t'avoir enlevée et t'avoir emmenée en Russie. De
t'avoir séparée de ta famille, que tu aimes si tendrement. De ne pas
avoir été là pour vérifier ta glycémie la nuit où ton rein a lâché.*

   « *Mais surtout d'avoir perdu mon calme au pied de l'immeuble de
Victor. Pardonne-moi. Je t'ai mise dans le même sac que Sabina, mais*

vous n'avez rien en commun. Elle ne se soucie que d'elle-même. Tu te soucies de tout le monde autour de toi. Tu apportes de l'amour et de la joie partout où tu vas, et ton magnifique visage me manque tous les jours.

« Je n'ai aucun droit sur toi. Tu es libre, bien sûr. Je voulais simplement que tu saches que je souffre chaque jour de savoir que je t'ai blessée. Si je pouvais revenir en arrière, je le ferais, zaika.

« S'il te plaît, prends bien soin de toi.

« Tu as mon rein, mais aussi mon cœur.

« Je te supplie seulement de ne pas me haïr.

« Bien à toi,

« Vlad »

J'ESSUYAI MES JOUES MOUILLÉES. C'était parfait. Simple et direct. Il avait dit tout ce que j'avais besoin d'entendre.

Et il était souffrant.

Je pris mon portable et appelai Nico.

— Alessia.

— Je vais en Russie.

J'entendis Nico soupirer.

— Pas seule, non.

— En fait, si.

J'y avais réfléchi. Je me souvenais de ce que Vlad avait dit. Et je ne pensais pas qu'il ferait délibérément du mal à mes frères s'ils allaient en Russie, mais il pourrait toujours y avoir des ordres en place. Et je ne prévoyais pas de lui dire que je venais.

— Ce n'est pas sûr pour vous, ajoutai-je.

— Oh, et ça l'est pour toi ? demanda Nico.

— Complètement.

Je n'étais pas sûre que ce soit vrai. Je savais que j'étais en sécurité avec Vlad. Je ne savais pas pour le reste de la fraternité, mais j'étais prête à compter sur le pouvoir de Vlad pour m'accorder un passage sûr jusqu'à lui.

Nico jura en italien… une longue tirade d'obscénités impressionnantes. Puis il dit :

— Pas sans autorisation du néphrologue. Tu l'appelles d'abord. Et s'il te donne son autorisation, je devrais avoir de tes nouvelles deux fois par jour ou je viendrai te chercher. *Capiche* ?

— Je réserve un billet pour Volgograd en ce moment, lui dis-je. Je t'enverrai les détails par texto.

20

Alessia

J'AVAIS un million d'inquiétudes à l'esprit, mais c'était comme si mon corps n'avait pas reçu le message. Il faisait la fête pendant tout le voyage pour Volgograd. Je me sentais simplement légère. Heureuse. Agitée.

Mika m'avait donné l'adresse et m'avait dicté exactement quoi dire au chauffeur de taxi pour y arriver. Il m'avait aussi envoyé le texte russe, et je l'avais imprimé pour le montrer au gars au cas où mon accent craindrait.

J'arrivai dans l'après-midi. Il y avait moins de gardes que lorsque j'étais là… je suppose qu'ils avaient été là pour me garder prisonnière. Je vis simplement un type à l'extérieur quand j'arrivai et il hocha la tête, comme s'il me reconnaissait.

Mika arriva en courant, puis s'arrêta et fourra les mains dans ses poches, l'air gêné.

— Viens ici et embrasse-moi, exigeai-je et il se précipita. Tu as grandi.

Je me mis à rire en lui ébouriffant les cheveux.

C'était tellement bon d'être de retour ! Tout dans la propriété était agréable pour moi. À la vérité, je ne m'étais jamais sentie prisonnière ici. Juste une invitée avec des restrictions. C'était même bon de voir le visage austère de Zoya.

— Où est Vlad ? demandai-je.

Oh mon Dieu, est-ce qu'il était complètement alité ? Depuis combien de temps l'était-il ?

— Il est au lac. Tu devrais aller le voir. L'aider, dit Mika en me prenant mon sac à main.

Yegor avait déjà pris ma valise.

Grazie a Madonna. Au moins, il n'était pas alité. Je me dirigeais sur le chemin que j'avais pris tant de fois avec lui. Mon moment préféré de chaque jour que j'avais passé ici. Le banc était toujours là, à mi-chemin. Je m'arrêtai et me reposai. J'avais peut-être repris l'exercice, mais j'étais encore faible. Est-ce que Vlad devait l'utiliser maintenant ?

Je me précipitai, l'excitation le disputant à la nervosité. Quand j'arrivai au lac, je fus stupéfaite de voir le corps musclé de Vlad fendre l'eau.

Il nageait. Dans le lac froid.

Il était magnifique. Et en parfaite santé.

Il sortit et ramassa une serviette dans l'herbe, puis se sécha le visage. Son corps était musclé et en forme. Quand il abaissa la serviette, il me vit.

— Alessia !

Sa voix profonde sortit en un cri.

Ma gorge se serra.

Mais une blonde aux longues jambes se leva de la balancelle, et mon cœur se brisa.

Non. Bon sang, non. Je n'étais pas venue jusqu'ici pour être humiliée par la nouvelle amante de Vlad.

Je trébuchai en arrière.

— Non, dit Vlad en commençant à courir vers moi.

Mon cerveau s'était déjà déconnecté. J'étais en mode « lutter ou fuir », je suppose, parce que comme une proie chassée, je me retournai et me mis à fuir.

— Alessia ! Arrête. Attends !

Si j'avais eu le moindre doute sur son rétablissement après l'opération, il disparut quand il me dépassa en cinq secondes chrono.

Il m'attrapa par la taille et me souleva du sol.

— Attends. Alessia. C'est la nounou. Pour Lara… le bébé. C'est la nounou. Ne t'enfuis pas.

Tout instinct de lutte me quitta et je devins molle dans ses bras. Il me reposa sur mes pieds et me retourna vers lui, me tenant toujours avec un bras autour de la taille.

— Il n'y a pas d'autre femme, *zaika*, dit-il en repoussant mes cheveux, puis en prenant mon visage entre ses deux mains. Il n'y aura jamais personne d'autre que toi.

Il m'embrassa avant que je ne puisse répondre. Comme s'il avait hâte de me goûter. Comme si nous étions des amants perdus, mourant d'envie d'être dans les bras l'un de l'autre.

Ce que nous étions, supposai-je.

Mes genoux fléchissaient alors qu'il me goûtait, glissant ses lèvres sur les miennes avec plus de tendresse qu'il ne m'en avait jamais montré avant. Il prit son temps aussi. Les explorant minutieusement avant que sa langue ne fouille ma bouche, la caressant.

C'était le baiser du siècle.

— Tu es venue, dit-il avec émerveillement, me caressant la joue du pouce.

— Ouais, eh bien…

J'avais le souffle coupé. Toujours contrariée par la nounou, même si ça avait été expliqué.

— Mika a dit que tu n'avais pas guéri. Mais évidemment, il a menti.

Vlad toucha la cicatrice sur son abdomen, et son visage devint sérieux.

—Je n'ai pas guéri, dit-il.

La tête se mit à me tourner, tandis que je me rendais compte qu'il ne parlait pas de l'opération.

— Et toi ? me demanda-t-il.

Je secouai la tête.

Il m'embrassa encore, comme une question. Puis il me souleva pour que j'enfourche sa taille et il marcha vers la maison. Derrière lui, je vis la nounou qui se dépêchait, en portant son bébé.

Il avait un bébé.

Et il en assumait la responsabilité.

Ma poitrine se remplit de chaleur. J'enroulai les bras autour de son cou.

Après quelques instants, je me rendis compte qu'il allait me porter sur tout le trajet.

— Tu peux me poser, dis-je en riant. Je récupère toujours, mais je ne suis plus aussi essoufflée désormais. Grâce à toi… grâce à ton rein.

—Je ne te pose pas.

Il y avait un ton têtu dans sa voix.

Je souris.

—Je suis désolé de la manière dont je t'ai traitée. Chez Victor.

Il regarda derrière moi pour voir où il allait.

J'entremêlai mes doigts dans ses cheveux.

—Je sais. J'ai reçu ta lettre. Merci.

Vlad

. . .

JE N'AVAIS JAMAIS ÉTÉ croyant. Je n'avais jamais cru en des mots comme « saint » ou « sacré ». Mais alors que j'allongeai ma magnifique épouse sur notre lit, c'était avec une révérence au-delà du royaume spirituel.

Et elle me laissa faire.

Je la déshabillai lentement, un vêtement après l'autre, et elle me regardait, les cils baissés, le ventre palpitant, les lèvres entrouvertes.

Elle était venue ici de sa propre volonté.

Ça, pour moi, c'était un miracle digne de se mettre à genoux.

Elle ne se soumettait pas à ma volonté cette fois, elle s'offrait. C'était différent. Et spécial, un instant que je n'oublierais vraiment jamais.

— Qu'est-ce que c'est ?

Elle portait une sorte de dispositif médical qui la fit grimacer et rougir quand je le découvris.

— Une pompe à insuline. Je vais l'enlever. Je déteste ça.

Je penchai la tête, regardant comment elle l'enlevait, notant tout pour pouvoir l'aider avec, la prochaine fois.

— Ça semble être une bonne idée.

Elle haussa les épaules.

— Je préférerais que tu me surveilles.

Et ce fut là que je tombais vraiment à genoux. Sur le lit, mais tout de même. Les mots n'inspiraient rien de moins qu'un éveil spirituel.

J'embrassai l'intérieur de ses cuisses, passai la langue sur son ventre plat. Je pris un mamelon tendu dans ma bouche. Elle s'arqua, gémissant doucement.

C'était une déesse.

Le féminin divin.

Elle était *femme* d'une manière dont je n'avais jamais vu les autres femmes l'être. Pure, puissante et vitale.

— Tu es venue, murmurai-je de nouveau émerveillé.

Je n'arrivais toujours pas à croire à ce miracle.

— Je suis là, affirma-t-elle.

Je pris son pubis dans ma paume alors que je me déplaçais vers son autre mamelon. Elle était mouillée et prête pour moi.

— Magnifique, magnifique femme, répétai-je.

C'était un rite sacré. Moi, vénérant son corps.

Je reculai et lui écartai les jambes, le délectant entre ses cuisses. Ses fluides s'écoulèrent sur ma langue alors que je suivais ses petites lèvres, suçais son clitoris gonflé.

— Dis-moi une chose, *zaika*, murmurai-je en prenant ses fesses dans mes deux mains pour la maintenir en place alors que je la léchais de manière plus appuyée.

Elle cria, remua les hanches.

— Qu'y a-t-il, Vlad ?

— Tu es là pour de bon ? Ou c'est simplement une visite ?

Je ne savais pas pourquoi je le demandais à ce moment-là. Pourquoi je détruisais un moment si somptueux.

Mais je devais savoir. Est-ce que ce serait ma dernière fois avec elle ? Ou était-ce notre nouveau départ ?

— Pas pour de bon, haleta-t-elle.

Mon cœur se serra, même si j'avais soupçonné que ce serait sa réponse.

— Je ne veux pas être loin de ma famille, Vlad. Deux de mes frères attendent des bébés pour cet automne.

— Je vois.

J'avais la voix étranglée, mais je n'allais pas m'arrêter. Je n'allais lui donner rien de moins que Dieu et Mère nature.

— Reviens aux États-Unis avec moi, Vlad, m'invita-t-elle, utilisant mes cheveux pour éloigner mon visage de son superbe sexe.

Je me redressai au-dessus d'elle et dézippai mon jean, trouvai un préservatif et le déroulai.

— J'ai Mika maintenant, l'avertis-je. Et Lara, le bébé.

Je frottai le gland de ma verge contre son orifice.

Elle prit ma verge et me guida à l'intérieur, gémissant doucement.

Je la remplissais, allant et venant lentement jusqu'à me retrouver au fond d'elle, puis reculai lentement.

— J'aime Mika. Et tu sais que j'aime les bébés.

J'appuyai les mains près de sa tête et fis de lents va-et-vient. C'était encore une expérience religieuse pour moi, chaque sensation nourrissant cette impression d'unité. Ma croyance que tout allait bien dans le monde.

— Vlad ?

J'appuyai mon front contre le sien, lui donnant des coups de reins un peu plus forts.

— Alessia.

— Tu ne m'as pas répondu.

— La réponse est *oui*. Toujours. À tout ce que tu me demandes, *zaika*. Je veux être à toi. De toutes les manières dont tu voudras de moi.

Sa tête retomba en arrière, ses yeux se fermèrent alors que les plus doux des gémissements s'échappaient de ses lèvres. Comme si, elle aussi, avait une révélation extatique.

Et la voir comme ça me poussa au bord de l'extase. Je me déplaçai pour serrer la tête de lit jusqu'à en faire blanchir mes articulations et la pénétrai durement, chaque coup de reins comme un signe de ponctuation sur la promesse que je lui faisais.

Je suis à toi.
Tout ce que tu me demandes.
La réponse est oui.

Elle ouvrit la bouche, poussa ses seins vers le plafond.

Mes bourses remontèrent, mes cuisses tremblèrent. Elle appuya les mains contre la tête de lit, criant sous chaque coup de reins.

— Je ne vais pas tenir longtemps, dis-je entre mes dents serrées.

— Qu'est-ce que tu attends ?

J'atteignis le nirvana une fraction de seconde avant de jouir. Alessia me suivit, accrochant ses jambes autour de mon dos et m'attirant plus profondément, les muscles étroits de son intimité palpitant sous notre orgasme.

— Vlad ? demanda-t-elle, le souffle coupé, ses bras passés autour de mon cou.

— Qu'y a-t-il, *printsessa* ?

— Sommes-nous toujours mariés ?

Je m'appuyai sur mes avant-bras et lui mordillai les lèvres.

— Oui.

Je n'avais pas pu me décider à dissoudre le mariage, même si je savais que c'était la bonne chose à faire.

— Que se passera-t-il quand tu te lasseras de moi ?

Mon cœur se serra. Est-ce que ça l'avait dérangé que je dise ça ?

— C'est impossible, lui dis-je. Un mensonge que j'ai dit pour me convaincre que je pouvais te laisser partir.

Elle se tortilla sous moi, m'encourageant à continuer la lente union post-orgasme.

— Je veux un deuxième mariage. Un mariage américain, avec ma famille.

Je m'immobilisai et elle se déplaça pour me prendre plus profondément. Je dus ravaler le nœud qui s'était formé dans ma gorge.

— Tu veux m'épouser ?

— Encore une fois. Oui.

Je couvris son visage de baisers, la facilité avec laquelle elle abandonnait son cœur et sa vie était une leçon d'humilité.

Elle me les abandonnait. À moi.

— Tout ce que tu veux, *zaika*. Ce sera à toi. Sois-en sûre.

— Hum, dit-elle doucement en m'attirant contre elle, alors je dus nous faire rouler sur le côté pour éviter de l'écraser. Je veux prendre ton bébé dans mes bras.

Je m'appuyai sur un coude et souris.

— Notre bébé… si tu veux. Veux-tu l'adopter ?

Elle ravala des larmes.

— J'aimerais bien. Veux-tu adopter Mika ?

— Oui. J'ai déjà fait préparer les papiers, mais j'attendais le bon moment pour lui parler.

— Allons lui dire maintenant.

Elle se redressa et se précipita hors du lit.

— C'est lui qui m'a fait venir ici par la ruse, continua-t-elle.

Je n'avais pas envie de quitter notre lit sacro-saint, mais voir son enthousiasme suffisait à me motiver.

Il ne s'agirait pas que de nous deux. Nous serions une famille, et il y avait un côté sacro-saint là-dedans aussi.

Quelque chose qu'Alessia avait connu, mais ça n'avait jamais été mon cas. Quelque chose que je voulais donner à mes enfants.

21

Alessia

Vlad me plia en deux sur le côté du lit et me frappa sur le postérieur. J'étais depuis trois merveilleux jours à Volgograd à passer du temps avec Mika, à jouer avec le bébé et à m'allonger dans un lit avec Vlad. Oh et à caresser des chatons. Il avait gardé les cinq, et ils se déplaçaient dans la demeure comme s'ils en étaient les propriétaires.

Mais ce soir-là, il n'était pas tout à fait aussi respectueux.

Un peu autoritaire.

Le mâle dominant réapparaissait.

C'était une bonne chose que ça me plaise.

— Aïe, c'était pour quoi ?

— Ça, *printsessa*, c'est pour ne pas avoir surveillé ta glycémie à Moscou, répondit-il en me frappant de nouveau sur le postérieur. Tu ne pensais pas que tu éviterais une punition, n'est-ce pas ?

— N'y a-t-il pas un délai de prescription là-dessus ? C'était il y a trois mois.

Il me prit les mains et les cloua au creux de mes reins. Puis, il assena une rafale de coups durs. Je hoquetai sous la brûlure.

— Qu'est-ce que je t'ai dit qui se passerait si tu reprenais des risques avec ta santé ?

— Tu as dit si je quittais la maison sans insuline, le corrigeai-je. Je ne l'ai pas fait.

Il assena trois claques dures, toutes au même endroit.

— Alors tu te *souviens* ?

Oh, je m'en souvenais. Il m'avait dit qu'il me baiserait le derrière à sec.

Cette pensée me ravissait et me terrifiait en même temps.

— Je m'en souviens.

J'avais une petite voix.

Un de ses doigts glissa entre mes fesses et massa mon orifice arrière.

— Quand je fais une promesse de châtiment, je la tiens.

Un frisson remonta le long de mon échine.

Je ne savais que trop bien que c'était vrai.

— Écarte les jambes plus largement.

J'obéis.

Il me frappa entre mes jambes, me faisant mouiller et gonfler, me rendant à demi folle. Juste au moment où j'allais jouir, il se déplaça et recommença à me fesser.

— Non, gémis-je. S'il te plaît, Vlad.

— S'il te plaît quoi, *printsessa* ?

Je ne pouvais pas le dire.

— Dis-moi ce qui va se passer.

— Tu vas me p-pénétrer, réussis-je à dire.

Il triturait mon clitoris maintenant, et je me dandinais sous son contact insistant.

— Par où vais-je te pénétrer ?

— S'il te plaît, Vlad, réessayai-je.

Il me frappa sur le postérieur.

— Par où vais-je te pénétrer ?

— Dans le derrière !

Je n'arrivais pas à le croire mais je commençais en fait à en ressentir l'excitation. Comme si j'avais hâte qu'il commence.

— C'est ça, ronronna-t-il. Ne bouge pas, *zaika*.

Il s'éloigna et revint avec une bouteille de lubrifiant, qu'il versa doucement sur mon anus palpitant.

J'avais le souffle court, tout le corps brûlant de désir.

Quand il poussa doucement contre mon anus avec le gland de sa verge, je gémis.

— Ouvre-toi, Alessia.

Je ne savais pas ce que ça voulait dire, mais il exerça une pression régulière.

— Inspire profondément.

J'obéis.

— Expire.

Il poussa pendant l'expiration et je me resserrai sous la sensation d'étirement.

— Détends-toi, *zaika*. Respire.

Il ne bougea pas pendant un instant, puis avança encore un peu, doucement, jusqu'à avoir fait passer son gland. Puis il se retrouva complètement à l'intérieur, me remplissant, m'ouvrant largement.

C'était torride, humiliant et bien plus agréable que ça ne l'aurait dû. Il y avait un peu de douleur, oui, mais également du plaisir. Un plaisir gênant.

Il y alla lentement, faisant des va-et-vient alors que je gémissais et geignais. C'était intense. Tellement intense.

Il me pénétra et resta là alors qu'il tendait la main et l'insinuait sous mes hanches. À l'instant où il tritura mon clitoris, le plaisir m'inonda. Pressant toujours dessus, il recommença à me pilonner, prenant possession de mon derrière comme il l'avait fait de tout le reste.

Je me mis à crier plus fort, désirant à la fois qu'il continue et qu'il se retire.

Il continua, accélérant.

Mon plaisir grandissait, éclipsant presque l'inconfort.

— Oui, dis-je d'une voix rauque. Encore. S'il te plaît, Vlad.

— Supplie, *zaika*.

— S'il te plaît, s'il te plaît, s'il te plaît.

Je ne pouvais pas m'empêcher de supplier. J'avais besoin de jouir. Et je voulais aussi que ce soit terminé.

Il ajouta encore du lubrifiant et cela devint meilleur. Bien meilleur.

— Oui, babillai-je. S'il te plaît, Vlad.

— S'il te plaît quoi ?

Il allait et venait plus vite, agrippant ma taille pour me maintenir en place.

— S'il te plaît, prends-moi. S'il te plaît, fais-moi jouir.

Il grogna et me pilonna encore plus fort, heurtant mes fesses de ses hanches.

Nous criâmes tous les deux quand il se mit à jouir, s'enfonçant profondément et activant ses doigts sur mon clitoris.

Je jouis aussi, seulement mes muscles ne pouvaient pas se resserrer parce qu'il m'écartait largement. Il enfonça quelques doigts dans mon intimité, ce qui satisfaisait mon envie d'un grand final.

Puis il redevint doux, embrassant mon dos et mon cou alors que nous reprenions tous les deux notre souffle.

— Je t'avais dit que tu supplierais, murmura-t-il, les lèvres contre mon oreille.

Je me mis à rire, parce qu'il avait raison. Il me l'avait dit. J'avais supplié. Et pourtant, même quand il était au-dessus de moi, me dominant, me punissant, j'avais toujours l'impression d'être la gagnante.

Peut-être que c'était en ça que l'amour consistait.

ÉPILOGUE

Vlad

J'ÉTAIS ATTABLÉ, à jouir de la meilleure vue qu'on puisse imaginer.

Alessia et Lara barbotaient dans la piscine, leur rituel de l'après-midi. Sondra et son nouveau nourrisson étaient aussi dans la piscine, les bébés étaient camarades de jeu. Junior et Desiree avaient même pris deux fois l'avion depuis Chicago avec leurs enfants pour réunir les cousins. Le joyeux bruit des babillements venant à la fois des bébés et des mamans m'apaisait à un niveau dont j'ignorais l'existence.

Mika semblait ressentir la même chose. Il levait occasionnellement les yeux de ses cours pour regarder. Alessia avait essayé de le faire aller à l'école à Las Vegas, mais il refusait résolument, alors il était encore scolarisé à la maison pour l'instant.

Elle pensait qu'il pourrait changer d'avis pour le lycée, mais dans tous les cas ça allait. C'était un bon gamin. Il sortait les poubelles pour Zoya et jouait avec le bébé. Oui, nous avions déménagé toute la maisonnée ici... Zoya, Yegor et les cinq chats.

Alessia avait insisté, et elle obtenait tout ce qu'elle voulait.

Elle avait aussi souhaité offrir un chiot à Mika pour son anniversaire, alors nous avions aussi un dalmatien doux et baveux dans les pattes. Ça valait la peine de voir le cœur de Mika s'ouvrir à son nouveau meilleur ami. Alessia sortit de la piscine, et je me levai pour l'accueillir avec une serviette géante. Lara sourit et roucoula à mon adresse, agitant avec joie ses minuscules poings dans l'air. J'aidai Alessia à la sécher, puis la pris et embrassai mon épouse. Elle se retourna pour aider Sondra avec Nico Junior, son nouveau-né, un grand garçon en bonne santé plein de vigueur et de vie.

Les femmes se retrouvaient pour que les bébés jouent au moins une fois par semaine et mes beaux-frères m'avaient offert un respect réticent. Mais j'étais sûr qu'ils seraient prompts à me tabasser si je contrariais un jour leur sœur.

Victor m'avait laissé quitter la Russie, mais seulement parce que j'avais promis que j'allais diversifier nos intérêts en recherchant la participation des Tacone.

Heureusement, Nico s'était montré prêt à participer à ma combine de blanchiment d'argent pour les économies d'impôts, alors ça avait fonctionné. Je m'attendais toujours un peu au pire. Je ne m'étais jamais attendu à être heureux. Je n'avais jamais cherché à l'être. Alors maintenant que j'avais quelque chose pour quoi vivre, j'étais férocement protecteur pour mon épouse et mes enfants. Ce qui ne semblait pas déranger Alessia. Que je sois autoritaire et despotique ne la dérangeait pas. Son corps s'éveillait sous ma domination.

Je m'assurais simplement de la traiter comme la princesse qu'elle était et elle me donnait ce qui m'était le plus cher… son cœur.

J'ESPÈRE que vous avez apprécié **Dame de trèfle**. Si vous l'avez aimé, veuillez envisager de laisser un commentaire ou de le recommander à une amie – vos commentaires aident énormément les auteurs indépendants.

Vous voulez davantage des Nuits de Vegas ? Lisez **Roi de carreaux**, le livre sur Nico et Sondra, **Valet de pique**, le livre de Stefano et Corey, **Atout cœur**, l'histoire courte sur Jenna et Alex, **As de cœur**, le livre sur Tony et Pepper, **Joker mortel**, l'histoire de Junior et Desiree et abonnez-vous à ma newsletter pour être alerté de la sortie de **Cartes sur table,** le livre sur Marissa et Gio.

REMERCIEMENTS

Toute ma gratitude à Aubrey Cara pour sa bêta-lecture et pour la correction de Maggie Ryan. Vous êtes les meilleures !

VOULOIR PLUS?

Cartes sur table

« Tu m'appartiens, maintenant. »

Elle a commis une grosse erreur. On ne fait pas de chantage à un Tacone.

Venir me voir pour me menacer ? Inacceptable.

Si elle a besoin d'argent, elle va devoir le demander gentiment.

Mais une fois que je le lui aurai donné, nous savons tous les deux ce que cela signifie : Elle m'appartient.

Je fais de mon mieux pour me contenir, pour lui témoigner du respect.

L'ennui, c'est que je ne peux pas me retenir de la toucher.

Et maintenant qu'elle est à ma disposition, je n'ai aucune intention de la laisser partir...

LIVRE GRATUIT DE RENEE ROSE

Abonnez-vous à la newsletter de Renee

Abonnez-vous à la newsletter de Renee pour recevoir livre gratuit, des scènes bonus gratuites et pour être averti e de ses nouvelles parutions !

https://BookHip.com/QQAPBW

OUVRAGES DE RENEE ROSE PARUS EN FRANÇAIS

www.reneeroseromance.com/francaise/

La Bratva de Chicago
Prélude
Le Directeur
Le Stratège
Possédée
L'Homme de Main
Le Soldat
Le Hacker

Lycée Wolf Ridge
Brute Alpha
Chevalier Alpha

Alpha Bad Boys
La Tentation de l'Alpha
Le Danger de l'Alpha
Le Trophée de l'Alpha
Le Défi de l'Alpha

L'Obsession de l'Alpha
L'Amour dans l'ascenseur (Histoire bonus de La Tentation de l'Alpha)
Le Désir de l'Alpha
La Guerre de l'Alpha

Le Ranch des Loups
Brut
Fauve
Féral
Sauvage
Féroce
Impitoyable
Indomptée (libre)

Maîtres Zandiens
Son Esclave Humaine
Sa Prisonnière Humaine
Le Dressage de Son Humaine
Sa Rebelle Humaine
Sa Vassale Humaine

Les Nuits de Vegas
Roi de carreau
Atout cœur
Valet de pique
As de cœur
Joker Mortel
Dame de trèfle
Cartes sur table

À PROPOS DE RENEE ROSE

RENEE ROSE, AUTEURE DE BEST-SELLERS D'APRÈS USA TODAY, adore les héros alpha dominants qui ne mâchent pas leurs mots ! Elle a vendu plus d'un million d'exemplaires de romans d'amour torrides, plus ou moins coquins (surtout plus). Ses livres ont figuré dans les catégories « Happily Ever After » et « Popsugar » de USA Today. Nommée *Meilleur nouvel auteur érotique* par Eroticon USA en 2013, elle a aussi remporté le prix d'*Auteur favori de science-fiction et d'anthologie* de Spunky and Sassy, e celui de *Meilleur roman historique* de The Romance Reviews. Elle a fait partie de la liste des meilleures ventes de USA Today sept fois avec ses livres Wolf Ranch et plusieurs anthologies.

Abonnez-vous à la newsletter de Renee pour recevoir des scènes bonus gratuites et pour être averti·e de ses nouvelles parutions!

https://www.subscribepage.com/reneerosefr

Printed in Poland
by Amazon Fulfillment
Poland Sp. z o.o., Wrocław

32707641R00158